少女七竈と七人の可愛そうな大人

桜庭一樹

角川文庫 15615

目次

本文イラスト／牧野千穂

少女七竈と七人の可愛そうな大人

辻斬りのように

辻斬《つじぎ》りのように男遊びをしたいな、と思った。ある朝とつぜんに。そして五月雨《さみだれ》に打たれるように濡《ぬ》れそぼってこころのかたちを変えてしまいたいな。

それはわたし、川村優奈《かわむらゆうな》が二十五歳になった誕生日から数日たった、ある朝のことだった。わたしは父とふたりで暮らすこぢんまりとした家のキッチンでコーヒーを飲み、テーブルに頬杖《ほおづえ》をついて、トーストが焼けるのをぼんやりと待っていた。テーブルの上にはからっぽの白いお皿と、マーガリンとジャム。それから目玉焼とサラダをのせたちいさなお皿が散らばっていた。とつぜん変化がおとずれた。

ちん、と涼しい音がして、古びたトースターから小麦色のパンが二枚、いきおいよく飛びだしてきた。わたしは顔をあげた。トーストにマーガリンをぬって、一枚をこれから出勤する父の白いお皿に、もう一枚を自分のお皿にのせた。父はわたしの向かい側の席で静かに朝刊をめくっていた。

「焼けたよぉ」

と言うと、父は、朝刊に目を走らせながらのんびりとこたえた。

「うん。焼けたなぁ」

そんないつもとおなじ朝であったのに、とつぜんつぎのページがめくられたように、わたしは変化した。それは五月のことだった。外ではしとしとと霧のようなこまかい雨が降りつづいていた。玄関先で七竈《ななかまど》の細かな白い花が揺れていた。トーストは香ばしい匂いをはなっていた。コーヒーがぬるくなってきた。

わたしが変わったことに気づくように、父が朝刊のむこうから顔を出して、老眼鏡をかけた細い目でわたしをじっとみつめた。

「……どうかしたかぁ、優奈」

「どうもしない。もう、いかなくちゃ」

パンを食べ、コーヒーを飲み干し、歯をみがいて化粧をととのえた。キッチンの片づけは父にまかせて、わたしは書類鞄《かばん》を抱えてうちを出ようとした。

七竈の木の下に白い猫がいた。となりのうちの飼い猫だ。人によく慣れているその猫はわたしの顔を見上げてみゃあ、と鳴いた。

「わたしはいったい、どうしたんだろ」

と、猫に聞いた。

「男たちと寝たくてしかたがないよ」

みゃあ。

それから真っ赤な傘をひろげて差して、わたしは表通りを歩きだした。

首をかしげながら、足早に歩いた。クリーム色のパンプスが古びたアスファルト道路の上で鈍い音を立てた。バス停につき、バスに乗り、走りだしたバスの窓から、濡れそぼる五月の空を見上げた。どうしても、ふしだらな人間にならなくてはいけない気がした。変わらなくちゃ。

もう、いかなくちゃ。

旭川《あさひかわ》はひんやりとしたちいさな町だ。

観光地になっているごく一部をのぞいては、戦前からつづく古い、ひなびた町並みがただ綿々とつづいている。名前のとおり川が多くて、市内にはたくさんのちいさな橋が灰色の姿で横たわっている。自家用車や、古いバスで移動する町中は、いつもすこしさびしげにくすんだ色をして、冬になるとそれが降りつもる雪にかき消されていく。

古くて重厚な家屋と、冷え冷えとしずむ空気。そんなとても静かな地方都市で、わたしは育った。わたしは善良な小市民である父と母のあいだに生まれた。父は旭川市役所に勤めており、母は結婚してからずっと専業主婦だった。わたしは地元の進学校を出て地元の国立大学に入り、いちどだけ生真面目な恋愛をして別れ、父の口利きで地元の小学校教師となった。父はぼんやりとしており、母はとても厳しい人だった。その母が昨年、病で亡くなってからというもの、家の中は自由に、そして父のかもしだす空気に支配されるようにぼんやりと輪郭をなくしていった。

それはたしか昭和の最後の年で、やがて年号が変わっていくひとつの区切りの時だった。わたし、川村優奈は二十五歳だった。旭川は春の終わりにしては肌寒く、どこかさびしい五月を迎えたところだった。北国の空はいつもどんよりと曇って夏がくるのを阻止しているようだった。


――そのひとをわたしは自分の力でみつけた。


わたしの容姿はとても平凡で、道を歩いていて男性がわざわざ振りかえることは皆無といってよかった。中肉中背でごくふつうの顔をしており、目立たないいかにも特徴のない服装をしていた。肩までのばした髪はまっすぐで、色は白く、自分が感じのよい若い女だという自覚はあった。よくよく話をすると、わたしを気に入ってくれる異性はときどきいた。わたしにはとくにとがった部分はなくて、いうなれば平凡な白っぽい丸のような人間だった。

わたしはなんとなく、自分のその輪郭をデザインしたのは、亡くなった母であるような気がしていた。我が娘はかくあるべきと母が信じた、白っぽい丸。

白っぽい丸。

白っぽい丸。

わたしは二十五歳になるまでどうしても、うまく、べつの人間になることができなかった。そしてどんどんその丸っこい輪郭が濃くなっていくことに、ちょっとおびえていた。おんなというものは、どうしたら、変わるのかしら？　こころのかたちを変えるのに必要なのは、男遊びなんじゃないかとわたしはとても生真面目に考えた。

男遊び。男遊び。男たちと遊ぶこと。


その朝、わたしがかたむいた木造四階建ての古い校舎に出勤すると、しめった木の匂いが充満する職員室で、となりの席にもう座っていた田中教諭がふと、顔をあげてわたしを見た。

「七竈の匂いが」

「おはようございます、田中先生。……七竈？　わたしから？」

「ええ」

田中教諭は興味なさそうに低い声で、

「かすかに」

そうつぶやくと、机にのせられた書類の束をめくりはじめた。

わたしはとなりの席に腰をおろして、書類鞄からあれこれ取りだした。それから、出掛けに玄関先で咲いていた七竈の白い小さな花弁を思いだして、

「うちの玄関に。そういえば」

「そうですか」

「はぁ」

田中教諭は朴訥《ぼくとつ》とした若い男だった。わたしより一つか二つ年上で、去年、同僚の女性教師と籍を入れたばかりだった。妻となった人はすこし離れたべつの学校に異動になった。この古びた木造校舎の生徒としてこども時代を過ごしたというその人は、異動したくないと悲しそうだったらしい。だけどこういうときは、女の人のほうが動くことに決まっていた。そうして彼女の代わりに、わたしがここに転任してきた。その人が去年まで座っていた、田中教諭のとなりの席に。

古いスピーカーからひびわれたような音で、チャイムが響いてきた。教頭が足早に職員室に入ってきて、注意事項やら、つまらない格言などをのべた。わたしはこころここにあらずで、窓の外にたれかかる霧のような五月のさびしい雨をみつめていた。校庭の奥にも七竈の木が三本、雨に濡れそぼって立っていた。となりの席から、湿った空気とともに、かすかに男性用コロンのつめたい匂いがする。振りむくと、出席簿を抱えて立ちあがりながら、田中教諭もまたこころここにあらずの様子で、

「川村先生、七竈って」

「はぁ」

「あの、歴史専攻の男らしいつまらないことを口走っても、もしよければ」

「どうぞどうぞ。遠慮なさらず」

窓の外で霧雨が強くなり、くすんだ古い窓ガラスを濡らしていった。ざぁざぁ、ざぁざぁととめどなく、さびしげな雨音がひびいている。

と、田中教諭の声が、耳に流れこんできた。

「……燃えづらいわけです」

「へぇ」

「どれぐらい燃えづらいかといいますと」

妙に情熱的な調子だ。

「なんと、七回も竈に入れても、燃えのこることがあるという」

「はぁ……」

「しかし、そうやって七日もかけてつくった七竈の炭はたいへん上質なものらしいのです。以上」

「はい、わかりました。あ、チャイムが」

わたしが微笑むと、こちらをじっとうかがっていた田中教諭は、ほっとしたように息をついて、軽く会釈をすると歩きだした。

二度めのチャイムが鳴っている。いかなくちゃ。

わたしはゆっくり立ちあがって、黒くてかたい出席簿をぎゅうっと抱きしめた。

七竈。七竈。竈の中で七日間燃えつづけて、よい炭になる。

廊下を歩きだして、ちいさな生徒たちにおはようと言い、よくみがかれた木製の階段をなめらかに上がり、教室へ。ドアに手をかけてゆっくりと開けながらわたしは、できれば七人の男と寝てみてはどうかしらとひらめいた。

（――七竈の、匂い、が）

あぁ、もう、いかなくちゃ。

そうはいってもわたしは意気地のない、ちょっと臆病《おくびょう》な二十五歳の女であったので、見知らぬ男をいきなり親密な存在とするのはむずかしそうだった。ちいさなこどもたちを相手に微笑みながら授業をしているあいだ、わたしはずっとこまっていた。それからひとりの男を思いだして、彼に勝手に白羽の矢を立てた。その男の名は金原《かねはら》くんといった。大学の同級生で、当時わたしがおつきあいしていた人の友人であり、わたしとその人が別れた後もずっと、つかず離れずの友人関係にあった。

お昼休みにわたしは、小学校の廊下にある赤電話に十円玉をコトンと入れた。十円玉はいかにも銅貨らしい無骨なちいさな音を立てた。金原くんの勤める商工会議所に電話をすると、ご飯を食べにいこうと誘った。独身の若い女性の飲酒には、まだまだ厳しい時代のことだったので、飲みに、とは言えなかった。金原くんは気楽に「いいけどね」とこたえた。そしてポンコツの車で夕方、小学校の近くの駐車場までわたしを迎えにきた。

駐車場で赤い傘を閉じ、車に乗りこんで外を見たとき、あちこちが割れている古いアスファルトの道路をちょうど、バス停にむかってまっすぐに田中教諭が歩いていくところだった。おおきな傘が遠ざかっていく。七竈の話をした、となりの席の人。金原くんが「なに食べる？」と聞いたのでわたしは思いきって間のぬけた感じでだけれど金原くんの名前を言った。すると金原くんは驚いてもんどりうって車の中で七転八倒して、それからあわてふためいた様子で、

「どうした、川村！」

「わからない」

「調子が悪いのか。頭の」

「うん、そうみたい」

「む……」

その夜、日が暮れるまで、わたしは友人というか顔見知りであるところのその元同級生と、車の中であれこれと話をした。これまでのこと。学生時代の思い出やら、亡くなった母のことやら、転任してきてからのこと。いまより若かりしころの時間を共有する異性との思い出話は、共通言語が多くて、はずんだ。それから車の中で、根負けしたようにこちらに腕をのばしてきた金原くんと、わたしはひっそりと関係をもった。

しかし、事が終わるとさっきまでの優しいような懐かしいような空気はふたりのあいだから消えて、それから金原くんは煙草に火をつけて、

「……気、済んだ？」

「どうかなぁ」

そう聞かれてもよくわからなくて、わたしは途方にくれた様子で、金原くんに送られてうちに帰った。地方都市は独身の女性にとても厳しい社会なので、そのことをよく知っている金原くんはわたしをうちのだいぶ手前の路地で車から、降ろした。

「また、なにか、あったら」

「金原くん、でも、気にしないで」

「あぁ、うん」

やけにぎくしゃくとした雰囲気で、わたしは金原くんと別れた。それから七竈の木の下をくぐってうちに帰り「ただいま」と言った。

居間で夕刊を読んでいた父が、新聞のむこうから、老眼鏡をかけた目でじっとこちらを見た。

「おかえり」

「今日、金原くんに会った」

「あぁ、彼か。商工会議所に勤めたんだっけ。元気だったかい？」

「……どうかな」

わたしは首をかしげた。

「わからないや。なにも」

それからお風呂《ふろ》に入って、やけに軽くなったからだを感じながら、寝巻きにきがえて布団にもぐりこんだ。なんだか穏やかな心持ちになっていた。わたしはすぐに眠りについた。

しかし翌朝起きるとまた、それがはじまった。こころが騒いだ。辻斬りだ。まだ足りない。それはただいちどのことでおさまるような衝動ではなかったのだ。わたしはあわてて起きあがると顔をあらい、髪をとき、薄化粧をして、父に朝ご飯を出した。そのあいだにも、昨夜、いちどは薄まったはずの自分の輪郭が、なぜだかますます濃くなっていくのを感じていた。もっと強い刺激が。もっとひどい出来事が。もっとひどいことをしなくては。生きていかれない気が。

その朝も外ではしとしとと、霧のようなさびしい雨が降っていた。わたしは、おびえず、考えず、気が済むまで辻斬りのように暴れようと、かたく決意した。

二人めと三人めは、ぜんぜん知らない人だった。同じぐらいの年の、若い男たちだった。一人はやけに無口で、必要最小限の単語以外の言葉を、事が終わるまでついぞ、言わなかった。もう一人は少女の如き若い男で、瞳《ひとみ》をきらめかせて自分の夢や、理想の女や、生い立ちについて語った。わたしは語りが終わるまでじっと待っていた。そしてそういう自分を、まるですこしずるい男のようだなと思った。事が終わってもその男はよくしゃべった。まるで泉のように言葉があふれでた。わたしにはもう、語るべきことはなにもなかった。ただホテルのきらめく天井をみつめて黙っていた。

四人めはとても美しい男だった。それはその町でも有名な女たらしの、しかし同じぐらい美しい女にしか手に入らないはずの最上級の相手で、その人がなぜわたしに近づいてきたのかはよくわからなかった。そろそろわたしから、不穏な空気が流れでてきていたのかもしれなかった。刀を試し斬りするように、その男は近づいてきた。わたしはそれまでこれは自分のこころの問題だと思っていたので、からだにはまったく注意をはらわなかった。その美しい男とからだを重ねるときだけ、わたしは自分の平凡な容姿や、美しいとはいえない肉体のことを思ってすこし自分を恥じた。人々のこころを打つような芸術的なラインとはほど遠い、とてもとてもつまらないわたしのからだ。ほどよい肉づきで、おおきくもちいさくもない胸と、くびれてはいないがたるんでもいないふつうの腰。美しい男はわたしをみじめな気持ちにさせた。

そして五人め。六人め。わずか一月《ひとつき》ほどのあいだにわたしはどんどん遠くへ、遠くへ進んでいった。誰もそれを知らなかった。いや、もしかするとよくない評判になっていたのかもしれない。わたしは気にしなかった。加速していった。こころのかたちが刻々と変わっていくのを感じた。やはり、おんなのかたちを変えるのには男遊びしかないのだ。きっと。きっと。わたしからいろんなものが流れだしていく。どんどん、どんどんわたしが減っていく。それでいい。それが目的だったのだ。からっぽに。からっぽになるのだ。まだだ。まだまだなのだ。自分というおんなから、どうしても自由になりたいのだ。自由に。もう息もできない。苦しい。あぁ、男ならほんとうに辻斬りにでもなるような心持ちというものだ。これは。この痛みは。まだだ。まだまだなのだ。刀の斬れ味をたしかめろ。男たちともっと、寝ろ、寝ろ、寝ろ。なまくら刀で、このつまらない平凡な非芸術的なからだで、斬って斬って斬りまくれ。もっとだ。まだまだなのだ。もっと失え。すべて捨てろ。男たちと寝ろ、寝ろ、寝ろ。すべて失うまでけして止まるな。男などどれも同じだと思いこむまで。けして立ち止まるな。特定の誰かのことなど、けして考えるな。

目を閉じるな。考えるな。からっぽだ。愛《いと》しい気持ちなど。けして。

寝ろ、寝ろ、寝ろ。

最後である七人めの男は、うそつきだった。おもしろくなるぐらいたくさんのうそをつきながら、ゆっくりとわたしと寝た。本当にその人は本当に行きずりであったので、わたしは夜の夜中、雨がやんで夏に近づいたその町の、自分が勤める小学校の夜中の校庭の、三本並んで植わっている七竈の木の下でその人と、ついに、矢尽き刀折れるようにだらりとして、ちからなく抱きあった。

七竈の白いちいさな花弁が無数に、夜空に浮かんでいた。星の欠片《かけら》のように。青白い月が、つまらないわたしの肉体を照らしていた。平凡な、非芸術的な、しかしまぎれもなくまだ若い、おんなの肉体を。嘲笑《あざわら》うようにしらじらと。照らしつづけた。

わたしは息もたえだえに、その、外国での冒険譚《たん》や非凡な恋愛経験や気の狂った親や、魅力的なうそばかり吐きながらわたしに触れるその男のからだに、しがみついた。その男は色が白くてとても痩《や》せていて、男のわきの下に手を入れてうしろから肩をつかむようにしてしがみつくと、まるではだかの女の子と抱きあっているような奇妙な気分になった。男の肩越しに、暗い夜空と、しらじらとした月光と、その中に浮かぶ七竈の白いちいさな花々が、上に下に、ゆっくりと揺れつづけた。わたしは目をとじた。ようやく目をとじることができた。おおきく吐息をついた。息が苦しい気がした。男が、じっとわたしの様子をうかがっているのがわかった。

「どうした？」

「息もできない……」

「可愛そうに！」

わたしは大声で泣きだした。男はかまうことなくゆっくりとわたしを抱きつづけた。涙がつたって地面に落ちていく。五月雨に打たれるように。涙でなにも見えない。知らない女が可愛そうな女かどうかわかるのかしら、とわたしは思ったけれど、きっとわかるのだろう、わかるぐらいわたしは可愛そうなのだろうとふと納得した。泣いているうちに事は終わり、もう終わったというのにその男はわたしを律儀にそうっと抱きしめて、頭をゆるゆると撫《な》でた。名前も知らない。誰か知らない。たがいに知らない。優しさに意味はなく、ただ泣いているはだかの女と、月と、白い花と、落ちつきはらった若い痩せた男だけがいた。やがてわたしたちは出会ったときのように服を着て、立ちあがって髪や服のよごれを落とし、出会ったときのように別れた。名前も知らない。誰か知らない。たがいに知らない。別れぎわに顔を見上げると、男の大きな黒目に月光がうつっていた。しらじらと揺れている、その光。

その狂乱はあとで振りかえるとなんとたった一ヶ月ほどのあいだの出来事だった。ほとんど男性とつきあった経験のない、生真面目な白い丸だったわたしが、短いあいだに七人もの男と寝たのだ。狂乱は終わり、わたしはある日、夏休みもう近いという朝。職員室のいつもの席に座って、男と寝たことなど、狂ったように叫んだことなど一度もありませんといったすました顔をして成績表の束を整理していた。

男物のコロンのつめたい匂いが、鼻腔《びこう》をくすぐった。顔をあげると、となりの席の田中教諭が、相変わらず朴訥とした若い男といった風情でやってきて座ったところだった。

「おはようございます」

「む。おはようございます、川村先生」

笑顔で言う。

しばらく黙って、たがいに仕事をしていた。田中教諭は顔をあげずにふと、

「川村先生が、よりによってとなりの席になって」

「はぁ？」

わたしは返事をした。

「……よりによって、とはなんですか。失礼な」

「いやいや。でもぼくは、その、若い女性とはどう接していいものやら。緊張してましたが、最近ようやく、慣れてきたようで。まぁ、よいことです。いや、ぼくにとっては」

「あ、そうだったんですか」

わたしは苦笑した。顔をあげて、

「でも、田中先生と奥さまとは、やはりこうやってとなりあって座っておられたのでしょう？　去年と、一昨年」

「あいつはべつです」

「あぁ」

わたしはうなずいた。

窓の外で、夏に近づいた高い空がきらめいていた。もう五月雨は降らない。七竈の木も白い花を散らして、こんどは夏の真っ赤な実をつけようと待ちかまえているところだ。どこもかしこも乾いて、北のちいさな町はみじかく涼しい夏を迎えんとかしこ

まっている。

風が吹いて、古いくすんだ窓ガラスが、揺れた。

「べつ、ですか」

「ええ、まぁ、アレは」

「それが愛なのかしら？」

とつぜん言ってから、自分でもこまって、うつむいた。それから返事がないのでとなりの席を見ると、田中教諭の耳がかすかに赤くなっていた。わたしはそっと目をそらした。

「お幸せそうですね」

「ふつうです。……女性とこういう話はなぁ」

「いいじゃないですか」

「ぼくみたいに地味でつまらない男の、いったいどこを気に入ったのかな。あいつは」

「あら、そんな」

「ねぇ、川村先生もそう思うでしょう」

遠くをみつめるようにして訥々《とつとつ》と話していた田中教諭が、とつぜんこちらを見てそう問いかけた。わたしはあっ、と息をのんだ。とっさに、表情に気をつけるひまがなかった。無防備な顔をさらした。ふいに強い風が吹いて、職員室の古くくすんだ窓ガラスをはげしく揺らした。がたがたとおおきな音がする。わたしはおびえ、おもわず目をとじた。

風がやんだ。

わたしはゆっくりと目を開けた。みじめな表情をさらす、この若い女の顔をそっと、注意深く引きしめた。そして弱々しく微笑んだ。

「きっと、となりの席に座っていたら、いつのまにかあなたを好きになっていたんですよ」

田中教諭はなにもこたえなかった。しばらくわたしの顔をみつめてから、そうっと、目をそらした。

それからこちらに背を向けるようにして、出席簿をめくりながらただ「……うーむ」とつぶやいた。

それからしばらくして、わたしは小学校教諭の職を辞した。というのは、じつは、妊娠したのである。誰の子かはもちろんわからず、認知もなにもなかったけれど、父は「うーむ」とつぶやいて、それからちいさく「わかったよ」とこたえた。

ちいさな地方都市で、公務員であったわたしが婚外子を産むことには周囲からたいへんな反発があった。いまだ日本にはできちゃった婚などという言葉もない時代だった。しかしわたしはまだすこし気狂《きぐる》いのままだったので、あまり思いなやむことはなかった。

誰のこどもなのだろうか？

わたしは、最後の夜の、月明かりと七竈の下でしくしくと泣いていた夜のこどもであればいいな、と思った。あの夜がいちばん悲しかったし、あの夜の優しさがいちばん無意味であったから。

わたしのこどもにふさわしい夜であった、と、わたしは気狂いのなおらぬますます少し微笑んで、思った。

そんなわけで、それから十月十日後《とつきとおか》、生まれたこどもこそが、わたしの美しい一人娘、川村七竈《ななかまど》である。そしてわたし川村優奈はこの物語のつづきを語る資格を今年で十七歳になる風変わりな我が子、七竈に譲りわたし、とつぜんだがこの物語上から姿を消そうと思うしだいです。とはいえわたしは七竈の母であるので、もしかすると時折、ふわりと横切るかもしれぬが、お気にされぬよう。

では、ひとまず、ごきげんよう。

一話　遺憾ながら

わたし、川村七竈十七歳はたいへん遺憾ながら、美しく生まれてしまった。

母がいんらんだと娘は美しく生まれるものだとばかげた仮説を唱えたのは親友の雪風《ゆきかぜ》だが、しかし遺憾ながらそれは当たらずとも遠からずなのである。わたしは母のいんらんのせいで非常に肩身のせまい少女時代を余儀なくされている。男たちはわたしの顔を、からだをじろじろと眺めまわす。母から継がれたなにかがしらず流れだしているのを感じて、わたしは身をすくめる。おとなの男たちからじろじろと眺めまわされるたびにわたしは怒りをかんじる。母に。世界に。

男たちなど滅びてしまえ。吹け、滅びの風。

ところでわたしの好きなものはというと、鉄道である。

しんとつめたい、黒い鉄の塊であるところの列車という物体にわたしは限りないあたたかさと愛《いと》おしさを感じる。鉄道模型が大好きである。ぬいぐるみのように抱いて寝て顔にけがをしたことがある。まだ小学生のときだが。そのころはまだうちにいたいんらんの母が、女の子の顔に疵《きず》がついたと狂ったように叫んでわたしを救急病院に連れていった。靴もはかずにわたしを抱えてひたはしる母の姿は、いま思いだしてもまことに鬼気せまり、愉快であった。さすが、いんらんである。

中学生になったころからわたしの周りには、きわめて奇妙な現象が起こりはじめた。背がのび、手足が細く長く、肌は白く、黒目がちの瞳《ひとみ》はぱっちりとして睫毛《まつげ》は長く、ようするにわたしは急速に美しい生き物になっていったので、辺りの空気がざわざわと動きはじめたのだ。まず、登下校のときにおとなのおかしな男がつけてきたり、学校の下駄箱に気味のわるい白い封筒が入りはじめた。二年生になると、廊下を歩いただけでどこからか男子生徒たちが拍手をするようになり、三年生になると後輩たちによって、七竃会という広島やくざの如きセンスのない名前のファンクラブなるものができた。まことに、まことに気味がわるかった。異性に慕われることを熱望するおかしな現象が女子生徒たちには蔓延《まんえん》しているようだったが、しかし、わたしが好きなものは、鉄道なのである。なにしろ、抱いて寝るほど、細長くつめたく、黒い、あの鉄の塊が好きなのだ。男など。

高校に入るとわたしは嬉々《きき》として鉄道研究会なるものに入ったが、名前倒れでわたしほど鉄道にくわしい部員はひとりもいず、しかも全員が鉄道の話などする気配もなく息を押し殺してわたしの顔をじろじろと見ているだけなのである。そのうち部員の数が増え、鉄道研究会は川村七竃を囲む会になってしまい、嬉々として茶菓子などもってくる奇怪な部長にわたしは本気でキレてしまい鉄道研究会を退部すると部室の看板をかかえて河原に行

まうがよいのだ。

き川面にむかってブン投げた。男など。男など。列車たちの足元にもおよばぬ。滅びてし

そのころ、都会の匂いをゆるゆるとかもしだす男女の二人組がやってきてわたしをスカウトしたことがあった。おまえは幸いにして美しいから、ぜひ商品にならないかというのである。歌って踊ってカラー印刷機のコマーシャルで微笑むなどまっぴらごめんでありますと答えると、二人はあきらめきれずに、当時はもういんらんの母がどこやらにまた出奔して留守だったので、孤軍奮闘の状態でわたしを育てている善良な老いた男であるところの祖父に名刺を渡して、豪華な茶菓子をおいて帰った。わたしが不機嫌に薄暗い居間の真ん中で鉄道模型をいじいじといじっていると、祖父が番茶をいれてわたしのもとに置き、

「茶菓子も、うまいぞぉ」

と言った。わたしはこどもなりに屈辱を感じてあらゆるものに怒っていたので、なにも答えなかった。

その屈辱は、母についてのことをおとなに言われたときに感じる、暗い思いにどこか似ていた。母が寝たたくさんの男たちはこのちいさな町にもちろんいまもいて、息をひそめて暮らしていた。成長しはじめたわたしがかもしだす獣の子の如き気配は、彼らを落ちつかなくさせる。そしてわたしはそれを屈辱と感じるのであった。

その日、ひとりで居間に座りこむわたしの手の中で、つめたいミニチュアのディーゼル機関車が、黒く光っていた。ぎゅうと握るとちょうどよい太さとつめたさで、そのときふ

と暗い欲望が、怒れる少女であるわたしをとらえた。わたしはいつまでも機関車を握りしめてだまっていた。あぁ、男など。

わたしのただひとりの親友、雪風も鉄道好きだった。

すごい勢いでどんどん、どんどん美しくなってしまった十二歳の秋以降、わたしには女の友人はまったくできなかった。旭川の郊外という古びた地方都市において、美しいということはけして誉めたたえられるばかりのことではなく、むしろせまくるしい共同体の中ではそれは、ある種の、禍々《まがまが》しき異形の証《あかし》なのであった。異形の面であるところの青白い美貌《びぼう》をわたしはいつもくもらせて、黒い犬のようにつやつやとしたまっすぐの長い黒髪を腰までたらして、仏頂面で歩いていた。

そしてその町にはもうひとりの異形がいた。雪風であった。

雪風はわたしと同い年の、少年であった。

切れ長のするどい瞳と、薔薇《ばら》色の頬をしたおそろしく美少年であるところの少年雪風は、女たちに無害な愛玩《あいがん》動物の如く愛された。おとなの女にも。まだおさない女にも。それはまことに美しい異形の面であった。可愛そうな雪風よ。桂《かつら》雪風というのが彼の名前であった。わたしと雪風は母どうしが幼稚園の父母会で知り合いであったため、気のおけぬ幼馴《おさなな》染《じみ》として長い月日をすごしていた。そしてたがいの顔が十二歳の辺りからゆっくりと異形と化していく様を、確認しあっていた。

雪風のうちは公団住宅のせまい一室で、あまりにも働かぬ父とあまりにもよく働く母、そしてたくさんの弟妹がひしめいて、いつも戦場の如くごったがえしていた。くらべて、川村家は古びた一軒家にわたしと老人のふたりだけであったので、長男であるところの雪風は、よくうちに避難しにきた。美しい少年であるのに鉄道好きであるところの彼は、わたしが模型を散らかした薄暗い川村家の居間で、あきるまでだまって遊んでいた。

　そのレイアウトの規模は六メートル×五メートル。本線はなんと八系統。ヤードはというと四百両もの収容が可能なのである。地下線、複々線、高架線を配置し、いまは線路の改良を行っている。すばらしき川村七竈の鉄道模型《ワールド》。

「雪風」

と、せかいの外から、わたしが呼ぶ。

「七竈」

と、せかいの向こうから、雪風が呼ぶ。

「雪風は、来月のお小遣いでどっちを買ったらいいと思う？　キハ八兆Mと、81カシオペアα号」

「七竈。ぼくならキハ八兆Mだな。なぜならこっちは新発売ですぐに売り切れる可能性がある。カシオペアαは美しいしいつか買うべきだと思うけれど、いまじゃなくてもいい。……だけど、七竈が好きなほうを選べばよいよ。君のお金だ。君はほしいものを手に入れていいんだ」

「うん」

と、わたし。

「うん」

と、雪風。

ふたりのあいだにせかいがくろぐろと横たわる。

台所から、いまでは定年退職しほそぼそと年金で暮らす祖父が、わたしのために晩ご飯をつくってくれている音がする。コトコトと鍋《なべ》が煮えている。魚を煮る甘辛い匂い。とん、とん、とん、と菜をきざむ音。わたしは目を閉じる。手のひらに握りしめるちいさな鉄道の、黒い鈍い存在感。わたしはなにを欲しているのだろうか。少年は、居間いっぱいに広げられた六メートル×五メートルのくろぐろとした鉄道模型の向こうにいて、まことに遠い。

わたしたちが通っているのは北海道立旭川第二高校という、ごく普通の公立校であった。地方都市においては強者であるところの俗にいう進学校というもので、わたしたちは生真面目に授業をうけて、生真面目に夕方の部活をこなし、帰宅して自宅にて予習と復習をする。多忙にして潤いのない生活だが、しかし我が校にも、ときどきは、恋愛をする者がいた。ふん。花などどこでも咲くものだ。

高二の秋がやってきたころ。わたしは友もいず、歩いているだけでじろじろと顔を見られ、ときにはいきなりカメラのレンズをむけられてシャッターを切られ怒って脱いだ靴を投げつけたらその靴までもっていかれてしまったりするじつにくだらぬ狂乱の毎日で、その日もひとり孤独にうちへの帰路を急いでいた。高校の正門を出て、街路樹の七竈が赤い実をユラユラと揺らすその道をバス停にむかって早足で歩いていると、背後から「川村先輩」と声をかけられた。それは聞いたことのない少女の声であった。

まことめずらしいこともあるものだと、わたしは振りむいた。

かわいらしい少女が立っていた。オカッパ頭に、点をふたつおいたようなちいさな瞳。こちらを睨《にら》む暗い瞳と、彼女の背後にならぶ友人らしき少女たちを見て、わたしは用件を了解した。彼女が口を開く前に、手短に、わたしはこたえた。

「桂雪風とはつきあってません。幼馴染です。幼稚園が一緒で。それでは」

なにか言いかけていた少女は、開いた口を閉じて、ぽかんとしてわたしを見上げた。わたしは一礼してまた歩きだした。

街路樹が揺れている。

少女が追いかけてきた。革靴の立てるちいさな無骨な足音が、近づいてくる。息をはずませて少女は、

「川村先輩！　あの……どうして、わたしが聞きたいことがわかったんですか？　あなたはエスパー？」

「……そうですよ」

少女の友人たちはついてこなかった。わたしはちらりと少女の名札を見た。一年生だった。緒方《おがた》みすず、と読めた。少女はわたしのとなりに並ぶと、ちょっと気を悪くしたように、

「うそつき！」

「うそですけど」

「へんな人！　美人なのに、頭がおかしいのね！」

「ええ」

わたしは少し意地悪な気持ちになって、

「雪風も美男子ですけど、頭がおかしいですよ」

「そんなはずないです」

「知らないから恋をしてるのでしょう？　いまごろ、雪風のところにもあなたを男子生徒に反転したようなつまらない男が行っているかもしれない。そして問うんです。『川村さんとつきあってるんですか？』とね。その男はわたしのことをなにも知らない。雪風がわたしを鉄道マニアだと言っても、信じない」

「先輩、〝鉄〟なの？」

緒方みすずはおそれるように眉《まゆ》をひそめ、つぶやいた。それから、どうやらわたしという年上の女をなめることに決めたらしく、「鉄道マニアだなんて。みっともない」と繰りかえしはじめた。

バス停がゆるゆると遠ざかっていくような感じがした。街路樹の七竈の下を歩いても歩いても、ゆるゆると、着かない。赤いちいさな実がいくつも揺れていた。

「あんなに素敵な男の子がそばにいて、どきどきしないの？　好きになったりしないの？　桂先輩も川村先輩のことを好きになったりしないの？　いくら〝鉄〟でも、そんなにきれいなんだから」

「……」

わたしはこたえない。バス停はすごい勢いで遠ざかる。

「桂先輩はかっこよくて、優しくて、すごく素敵。理想の人だわ。ねぇ、わたし桂先輩とつきあってもいいですか？　あなたに断ることじゃないけど……。でも、一応」

恋する季節である。緒方みすずは甘い匂いのする少女の声で語りつづけている。恋の季節。秋だが。わたしはこの甘い匂いが苦手であった。緒方みすずはなるほど若いが、だがしかし、わたしのいんらんの母はもう四十を過ぎたというのにいまだにこの匂いを発する。若くない女がかもしだす、それ。甘くくずれた、腐った南国のフルーツの如きそれがうちの中に充満しはじめると、あぁ、また母がどこかへ行くのだな、とわたしは絶望したものだ。母はうちを出て、数日、長くて何ヶ月かたつともどってくる。でもいつかこれきりもどってこないかもしれない、と覚悟をしながらわたしは居間でひとり過ごす。祖父がわたしを買い物に連れだしてくれる。「どこに行こうか、七竈。じいちゃんが、なんでも買ってやろう」わたしは必ず、模型屋に行きたいと言う。そして鉄道模型を買っては買っては、居間にひろがるあのせかいを増設する。いまやせかいは古い一軒家の居間いっぱいにひろがり、わたしのからだには線路がくろぐろと巻きつき、もうどこにもいけない風情だ。

母のよくない評判はもちろん、このちいさな町では常識として、誰もが知っていた。初めはひそやかに、やがておおっぴらに、母はよくない種類の女として共同体から認められた。母の気狂《きぐる》いはなおらず、町のただしき女たちは忌むべき者として母を嘲笑《あざわら》い、にくんだ。男たちの夜のかっこうの話題でもあった。

わたしと仲良くしてくれるこどもは、美しくなる前から、そういなかったのだ。

（川村さんとこの子と遊んじゃだめよ）

（どうして？　七竈ちゃんと遊びたい）

（だめなのよ。あのね、あのうちのママはね……）

雪風だけはわたしの親友であった。美しき友。

「わたしなら、あんな素敵な人がそばにいたらかならず手に入れるけどなぁ。でも、川村先輩は鉄道マニアだから、そんなことわからないか。なんて、可愛そうな人！」

バス停に着いた。急に。街路樹がざわりと揺れた。ちょうどやってきたブリキのバスにわたしは飛び乗りながら、醜いなにものかに支配されてゆがんでいる緒方みすずの、オカッパの髪が揺れる耳元に、死神の如きつめたい声でささやいた。

「あなた。桂雪風も〝鉄〟なのですよ」

「え！」

「わたしと彼は鉄道マニアだから、仲良しなのです。あなた」
わたしはにやりとすると、バスのステップで振りむいて少女を見下ろした。ぽかんとしている緒方みすずに、わたしは愉快になりますますにやついた。バスのドアがぷしゅううと音を立てて閉まり、やがて走りだした。

バスの中は混んでいた。いつものバスだが、乗る時間は微妙に毎日異なるので、乗客の顔ぶれが同じということはなかった。何人かの乗客がわたしをみつけて、「川村、あの、旭川第二高校の……」「あいかわらず……」「ちょっと大人っぽくなったかな」などとささやきあった。顔に。顔に。顔に視線が突きささる。毒をぬった針のように。やめろ。見るな。勝手にわたしを見て見て消費するでない。わたしはうつむいて長い黒髪で顔をかくすようにして、つり革をぎゅうと握りしめた。

バスは嵐の中の小舟のように揺れて、曲がり角を曲がった。

街路樹の葉がバスに当たり、カサカサと音を立てた。赤い実が窓ガラスを不吉に横切っていく。丸くてきれいな血飛沫《ちしぶき》のようだ。

わたしはふぅとため息をついた。

と、となりに立っていた壮年の痩《や》せた男性が、つられたように、ふぅとため息をついた。

それからこちらをちらりと見て、視線を元に戻して……。ん、と気づいたようにもう一度こちらを見た。

「……川村くん？」

「おや、先生」

　どこかで見た顔だと思ったら、小学校のときの担任教師だった。顔はわかるが、名前がどうも思いだせない。おとなしい優しげな先生だったが、どこかつかみどころがなく、一年間ずっと、なにやらこの先生のことがさっぱりわからなかったような、まったくもってすっきりとせぬ記憶がある。

「お久しぶりです」

「あなた、ずいぶん大きくなりましたね。これぐらいだったのに」

　なんとか先生はわたしの美貌にひるむことなく朴訥《ぼくとつ》と、手のひらをかざして自分の膝《ひざ》の辺りまで下げてみせた。いくらなんでもそこまでちいさくなかったろう、と内心あきれていると、急ブレーキで車内が揺れて、つり革から手をはなしていた先生はずいぶん遠くまでよろめいて、わたしの視界から消えた。

　ふらつきながら戻ってきて、

「あぁ、驚いた」

「先生、つり革を」

「そうですね。そうだ、あなたの名前は七竈だ。おかあさんはお元気ですか？」

　胸がちくりとした。

「ええと、おそらく」

「む？」

「いま、また、いないのです」

「あぁ……」

先生はうなずいた。

「いまだ、旅人なのですね」

「母はいったいなにから逃げているんでしょうか、先生」

先生はこたえなかった。ただ、撃たれた人のような顔をした。

バスが揺れた。

嵐の中の小舟。

滅びの風。

吹け。

窓ガラスをまた、七竈の赤い実が叩《たた》いた。先生はそれを見て、目をほそめた。とつぜん「七竈の実は」と言いだしたのでわたしは驚いて「はい？」と返事をした。

先生は真面目な顔をしていた。この人はいつもそうなのだ。

「七竈の実は、かたくて、食べると苦いものもあるそうです。種類によりますが」

「はぁ」

「秋になって赤い実をつけて誘うけれど、なにやらかたいし、苦いので、鳥も食べずに残してしまうことがある。そうすると冬になっても赤い実をつけたまま、ただ風に揺れているわけです」

　ただ凪に。

「はぁ」

「雪国の木ですから、そうすると赤い実にずっしりと雪が降り積もって、赤と白で、とても美しい。そのまま朽ちる運命ですが、とにかくずっと美しいのです」

　朽ちる。

「はぁ……」

　雪降り積もる。

「以上」

　先生はそう言った。そしてまた、撃たれた人の目をしてわたしを見た。

　バスがゆらりと揺れた。

　制服が冬物に衣替えされ、紺色のセーラー服の重たさにもだいぶなれてきたころ。わたしは雪風と誘いあって旭川の商店街に出かけた。

　古びたブリキのバスに揺られて、ふたりで町へ。

　雪風は白く小柄なそのからだをやはり重たげな黒い詰襟につつんでいた。みじかい黒髪が鴉《からす》のようにつややかに輝いていた。わたしはセーラー服で、長い髪を背中に垂らしていた。異形の面を気にするように、わたしと雪風は目的のバス停についてタラップを踏んで降りるとき、申しあわせたように革鞄《かばん》から黒いサングラスを出して、かけた。

ふたりで並んで、商店街を歩きはじめる。サングラスはふたりの顔をせかいから隠す。誰もわたしたちの顔のことに気づくまい。すこしの開放感とともにわたしたちは早足になり、角を曲がり、路地の裏を進んでいき、いつもの古びた模型屋の、ずいぶんと軽いガラス張りの扉を開けた。

模型屋には壮年の男がひとり。いつもひとりだけ。せかいから置いていかれたかのようにぽつねんと丸椅子に座っていた。きぃぃぃぃ、と鈍い音を立てて扉が開き、サングラスをかけた制服の少年少女が入ってくると、男は、またか、というように軽くうめいて、わたしたちから目をそらした。

雪風が小さな模型屋の中をそろそろと歩きだす。薄暗い、天井の低いその店。黒いレンズ越しにせかいはますますくろぐろと闇に沈んでいる。わたしは雪風のあとをついて、店の中をぐるりぐるりと、女の蛇のようにぬめりながら回りはじめる。

「ほら、七竈」

雪風が言う。

「キハ五百億M」

「嗚呼《ああ》!」

わたしはうなずく。

「スーパーよぞら!」

「嗚呼！」

「81カシオペアα号！」

「嗚呼！」

わたしたちは不吉な動物の鳴き声のように、列車の名前と、センチメンタルな吐息を繰りかえす。丸椅子に座る店主は身じろぎもせず、わたしたちの動きから目をそらして震えている。まるでゴーストたちにうろつかれているように。わたしはゆっくりとぬめりながら、薄暗くせせこましいその店をぐるりぐるりと回りはじめる。

「キハはいいね。七竈」

「うん、いいね。雪風」

ガラスケースの中にまことくろぐろとした列車が、線路が、そしてちいさな駅員や乗客らしき老若男女のミニチュア人形があふれている。犬を連れた有閑マダムの人形だけが倒れている。死んでるのかしら、とわたしは思う。ガラスケースのむこうに雪風が立っている。サングラスをかけた、詰襟の少年。二枚のガラス越しに、わたしの姿もゴーストのように薄まって二重に映りこんでいる。セーラー服の、長い髪の、サングラスの、七竈。わたしたちはたがいにガラスに手のひらをつけて、みつめあう。ふたりのあいだにはちいさなせかいがあふれている。列車は種類によって、三千円から、数万円まで。ミニチュア人形は一個五百円程度。信号機も、駅舎も、植え込みの木々も。お小遣いで買えるささやかな値段。ちいさなせかいはどんどん広がってわたしたちのそばからあふれだす。嗚呼、雪風よ。

「七竈がそんな顔に生まれてしまったのはね」

ガラスケースのむこうで、ちいさな声で、雪風が言う。

いつもの言葉を、わたしは待つ。もっと言って。

丸椅子の上で壮年の男が震える。こわくてたまらぬというように。

雪風の声が流れだす。

「君がそんな、そんな顔に生まれてしまったのは」

そうっとサングラスを外して、雪風がそのきらめくかんばせでわたしをひたと睨んだ。

わたしもそうっとサングラスを外す。呪われたような、この美貌。都会であればそうめずらしくもない、モデルでもやっておるのかと問われるぐらいのかんばせであるのかもしれぬ。そうおおげさな異能ではないのかもしれぬ。だが不幸ながらこのちいさな町では、この血はまぎれもなく、呪い。

「君の母がいんらんだからだ」

「ええ、ええ。雪風」

「母がいんらんなときに身ごもると、娘は美しくなってしまうんだ」

「ええ、ええ」

「その証拠に、君の母はべつだん美しい女ではなかったろう」

「ええ」

わたしはガラスケースから少し遠ざかる。そして店主を振りかえり、キハ八兆Mを一台買う旨、ちいさな声で告げる。店主はゆっくり立ちあがるとじゃらじゃらと黒い鉄でできた鍵《かぎ》を持ちあげ、ガラスケースを開ける。

レジでお金を払い、それからわたしは雪風と連れだってゆっくりと模型屋を出る。ふたたびサングラス越しになった辺りの風景は、さっきよりも日が暮れて、黒い。わたしはつめたく、重い鉄のかたまりを握りしめる。かたくかたく握りしめ、それからひとり、そうっと愛撫《あいぶ》する。

バスがゆらりとやってくる。

秋がすこし深まったころ。

雪風は風邪をひいた。いつも忙しい雪風の母からうちに電話がかかってきた。肌寒い朝のことだった。いくつもの仕事を掛け持ちしている雪風の母はあわただしく、わたしが出ているというのに、電話の向こうから「ななちゃんはいる？」と聞いた。

「……む。わたしですが」

古い一軒家の一階の廊下に、わたしは立っていた。いまだに祖父が使いつづける黒電話が、廊下におかれた電話台の、薄桃色をしたクッションの上に重々しく鎮座していた。黒い受話器を握りしめてわたしは、登校前にやらねばならぬさまざまなこと……長い黒髪をとき、歯を磨き、鞄をもつことについてつらつらと考えていた。電話の向こうでその大人の強い女の人は、わたしに早口でうったえた。

「ゆきちゃんが風邪を引いて」

「はぁ。雪風が」

「ばかだからひかないかと思ってたけど！」

雪風の母は電話の向こうであわただしくいちど笑い、それからさらに早口で、

「心配だけども、うちにおいていくわ」

「はぁ」

「仕事だから」

「む」

「ななちゃん、放課後にうちに寄って」

「おとうさまは？」

「役に立つかってーの。あのばかが」

 こともなく雪風の母は言い切ると、返事も待たずに電話を切った。わたしはゆるゆると受話器を黒電話に戻しながら、そうだあの雪風の母にとっては男はみんなばかだったのだ、と思いだした。幼稚園のころから繰りかえし、あの人にそう聞かされてきた。なぜだかわたしにばかりそれを言うのだ。ああ、大人になってしまうと、女は男をばかだと思うようになるのだろうか。いまの、少年を神のようにおそれる気持ちは、失われてゆくのだろうか。たがいを、あなどる。男と、女。ああ、それはちょっとばかりさみしいことであるな

とわたしは考えた。なにやらおセンチな朝であった。

そういうわけで、わたしはその朝はひとりで登校することになった。雪風がいない学校は孤独であった。合わせ鏡のような、異形のあの面。教室にむかって歩きだすと、どこからか、

「川村先輩！」

少女の声がわたしを呼びとめた。まことめずらしいことだとわたしが振りむくと、オカッパ頭の緒方みすずが立っていた。

チャイムの鈍い音が響きだしたので、わたしはそのまままた歩きつづけた。緒方みすずは走ってわたしに追いついてきた。

「先輩」

「……なんでしょう」

「鉄道のことを教えてください。種類とか、なんの話をしたら話をあわせられるのかとか」

「な！」

わたしは険しい顔をしてずんずん歩いた。しかし緒方みすずはついてくる。なかなかに粘りづよい。花の匂いも増してくる。いつまでもさえずりつづけるその顔を振りむいて、わたしはほんとうに怒っている顔をして、言った。

「あなた。鉄道というものは」

「はい、なんでしょ?」

「考えるものではありません。ましてや学ぶものでも」

「え?」

「鉄道は、感じるものです。あなたにはきっと天罰が!」

わたしの声に、緒方みすずはけらけらと笑った。

「あはは。川村先輩、おっかしな女」

「む……。おかしくはありません」

「顔も性格も、どっか桂先輩に似てる気がして、興味が出てきたんです。だけど、桂先輩もこんなに風変わりなのかしらん」

「もちろんですとも」

わたしは力づよくうなずいた。

二度目のチャイムが鳴りはじめた。もういかなくては。

放課後の並木道をわたしは、赤い実の不吉なアーチの如き街路樹をくぐりくぐって、わが友、桂雪風の住む公団住宅に向かった。

ゆるやかな坂道の上の上に、それはあった。わたしが祖父と住む静かな町並みとはちがう、どこかせせこましい灰色のコンクリート群。崩れかけた積み木の山のようにそれはかたむいて並んでいた。わたしはその端にあるひときわ古い、ひび割れだらけの四角い建物に入ると、五階までの薄暗い階段を上りはじめた。

上っても、上っても。

つかないような。暗い、湿った階段。

ようやく桂家のある五階にたどりつくと、わたしはインターホンを鳴らした。雪風の父、つまりばか一世がのっそりと出てきて、目を細めた。雪風によく似た美貌が年月に荒らされて、いたんだコンクリートのようにひび割れている、そのかんばせ。わたしをみつけると切れ長の目をきゅうっと細めて、

「……おかあさんは元気？」

「はぁ、しらないところで」

「ああ」

雪風の父は納得したようにうなずくと、玄関の四角くせまい空間をわたしに譲り渡した。わたしはかたい顔つきをして一礼し、玄関に入った。たくさんの弟妹のちいさなかわいらしい靴が散乱していた。三ＬＤＫの団地の、一室。雪風は隅に布団をしいて、じっと目を閉じていた。切れ長の瞳を見開くと、のっそりと入ってきたわたしと、その後についてきた自分の父親と、ふたつの顔をすうっと見比べた。

それから、撃たれた人のような顔をした。

わたしも顔を伏せた。それからお見舞いの言葉を言い、持ってきたりんごを雪風の枕元にどんと置いた。

雪風はゆっくりと目を閉じ、それきりぜったいに開けなかった。

「雪風。雪風」

わたしはなんども声に出して呼んだ。そのたびに雪風は、

「うん。うん」

と、返事をした。

「カシオペアα号も買おう、雪風」

「うん。うん」

「もっとすごい鉄道模型にしますよ、雪風」

「うん」

「ずぅっといっしょにいよう。雪風」

「……」

返事がないので、わたしは胸にいたみを感じた。そうっと自分の手のひらで、いまではりんごほどのふくらみのある自分の胸に触れた。息が苦しくなった。この部屋はとても空気がうすい。わたしの背後に立つ雪風の父親が、じいっとわたしたちの様子をみつめている気配がする。かつては美しく、旭川の町中の女が誉めそやしたという、その男。わたしはそうっと手をのばして、雪風の熱に浮かされるりんごの色のほっぺたに触れた。熱い！　熱い！　雪風のからだは！　鉄道模型の重たいつめたさがなつかしかった。瞳を閉じた雪風の顔はまことに美しく、わたしはいまさらながら、心を撃ちぬかれる思いだった。美し

いものは人の心をとりこにするのだ。人は、美しい異性を慕うものなのだ。恋焦がれるのだ。あたりまえのこと。美しい異性。

わたしの背後で、かつてはそういった男だった、ひび割れたコンクリートの如きかんばせを持つ我らの父は、じっと立ちつくしていた。息を押し殺し。

「……雪風」

「七竈」

雪風がようやく、わたしの名を呼んだ。

「君がそんなに」

言って。

もっと言って。それを。もっと。

「君がそんなに、美しく、生まれてしまったのはね」

「ええ、ええ」

「君がそんなに美しく生まれてしまったのは」

「ええ、ええ」

「母親がいんらんだったからだ」

「ええ……」

超自然的な理由にさせて。

これはけして。

遺伝では。

ないよ。

「雪風」

「七竈」

「雪風」

「七竈」

「雪風」

「七竈」

わたしたちはたがいの名前を呼びあった。いつのまにか背後に父はいず、薄暗い部屋には代わりに、雪風の弟妹があふれて、走ったり泣いたり笑ったりしはじめた。七歳から十一歳までの、たくさんの弟妹たち。ひとりの男から生まれたたくさんの命。どの顔もいちように、まだおさないが、不吉な美しさの足音がする。異形の面が大量に押し寄せてくる。あと数年。あと数年で彼らもまた、このかんばせに。

やがて雪風は気だるい眠りにおち、わたしはいつまでもいつまでも、その異形の家族の部屋に座りこんで黙っていた。

風邪が治ると、雪風はまたわたしとそろって学校に通い、放課後はうるさい団地の部屋からのがれるように、わたしと祖父の古い一軒家にやってきた。

あまり会話はなく、ただたがいに、雪風、七竈、雪風、七竈、と時折、これまでのようにただ名を呼びあった。薄暗くて広い居間に座りこみ、くろぐろとした鉄道模型のこちらとあちらから、わたしたちはみじかい言葉を交わし、刻々と近づくおとなになる時間をおそれるように、ただただ列車の話をしつづけていた。

わたしの手のひらには、あのときの、熱に浮かされた雪風の頬の熱さが残っていた。いつまでも、熱い。それは列車を握りしめたときに感じるあのつめたく重く、くろぐろとした安心感とはほど遠い、未知のなにかであった。

せんのないことだが。

しかし。

わたしの脳裏には、あの、名前をいまだに思いだせぬ奇妙な小学校教諭が、嵐の小舟の如く揺れるブリキのバスの中で語ったあの言葉が、蘇《よみがえ》ってならないのだった。

(秋になって赤い実をつけて誘うけれど……)

(冬になっても赤い実をつけたまま、ただ風に……)

(ずっしりと雪が降り積もって、赤と白で、とても美しい……)

(……そのまま朽ちる)

ああ。

少年がゆっくりと手をのばし、鉄道模型を動かしはじめる。キハ八兆Mの銀色の車体が、ちいさな線路の上をがたごとと雄々しく動きだす。

雪風は、なにも言わない。

わたしも、なにもわからない。この世には誰にもわからないこともある。

なにも言えない。

兄かも、しれない。

ちがうかもしれない。

十二歳から始まったこのあまりにゆるりとした迷いの時を、わたしと雪風は相変わらず、
異形の面をかすかにかげらせたまま、ただ漂っている。


ああ、雪風よ。雪風よ。

ふたりのあいだを、キハ八兆Mの銀色の車体がゆっくりと回りだす。そのレイアウトの規模は六メートル×五メートル。本線はなんと八系統。地下線、複々線、高架線を配置した、すばらしき川村七竈の鉄道模型《ワールド》。部屋いっぱいにひろがる呪縛《じゅばく》の細い線路。くろぐろとした、そのせかい。


がたたん、ごととん。

がたたん、ごととん。

二話　犬です

おれは犬です。黒いつるつるの毛並みに長い足。切れ長の澄んだ瞳《ひとみ》。きりりとして姿勢よく、おれは誰より美しい。

とても長い長い長いあいだおれは旭川警察署というところで働いていたけれど、さすがに長い長い労働を経ておれといえども年を取ってしまったので、本日をもって退職することになった。最後の数年をいっしょに勤めあげた婦警が、おれに抱きついて「ビショップ、元気でね。のんびりしてね」と言うと、塩っ辛いでかい涙の粒を廊下に落とした。おれは熱く長い舌をたらして黙って抱かれていた。重い。体重をかけるな。女よ。……まぁ、泣いているなら仕方がないか。

お役ごめんになったおれを迎えにきたのは、見知らぬじいさんだった。太っても痩《や》せてもいず、半白髪の髪は短く切って、ていねいに撫《な》でつけられていた。白っぽい清潔な服を着て、姿勢正しく歩いてきた。そしておれの前で「よっこらしょ」としゃがむと、おれの澄んだ瞳を覗《のぞ》きこんだ。

「ビショップ、よろしくな」

うぉん！

おれが吠《ほ》えると、そのじいさんはびっくりしたように目を瞬《しばた》いた。それから軽快に笑って、

「すごい迫力だな。さすがに元、警察犬だ。これならいい防犯になるなぁ」

うぉん！

「頼りにしてるぞ、ビショップ。あやしいやつがうちにきたら、おまえが家族を守ってくれよ」

うぉん！　うぉん！

おれはぱたぱたと細く鋭敏な尻尾《しっぽ》を振ってみせた。じいさんはおれの首輪からのびる海のように青い紐《ひも》を大事そうにぎゅうっと握ると、旭川警察署を後にした。婦警が足音を響かせて追いかけてきた。さよならビショップ、さよならビショップ、と二回繰りかえすのが聞こえた。未練の声。若い声。おれは振りかえらなかった。女よ。老兵は去るのみなのだ。

じいさんはおれを連れて旭川の町を歩き、歩き、歩いた。家は近いのかと思っておれも歩いたが、いつまで経っても、じいさんはただ歩き続けていた。「くるときはバスに乗ったんだけど、おまえを連れてるからなぁ。もう少し、歩こうなぁ」う、うぉん……！　おれは正直、へばってきた。のどが渇いた。腹も減った。しかしじいさんはへばる様子もな

く、背筋をしゃんとのばして、速くも遅くもない一定の歩調で歩き続けている。

旭川には、木枯らしの一歩手前ぐらいのひんやりと湿った風が吹いている。街路樹が濃い色の実を揺らしている。バスがゆっくりと唸《うな》りながらまたおれたちを追い越していく。じいさんが屋台をみつけて、晩ご飯用にと言いながら焼き鳥を十串《くし》、買う。香ばしいいい匂いとともにまた歩きだす。

「わたしも、ずっと公務員でね。おまえと一緒だ。年を取ったからもう働いてない。だけど年寄りだけじゃ、さいきんなにかと物騒だからね。友達にそんな話をしていたら、ビショップ、おまえのことを聞いたんだよ。働きつづけた警察犬が、しずかに余生を送るうちを探してるってね。さいわいうちは一軒家だし、わたしは一日うちにいるから、犬にさびしい思いをさせる心配はない。乱暴なこどももいないしね。ビショップ、どうだい。いっしょにのんびり、豊かな老後を送ろうじゃないか」

おれはもうだいぶ歩きつかれてきたので、適当にうぉんうぉんと返事をしておいた。じいさんは元気に歩きつづけて、やがてようやく、住宅街の一角で立ち止まった。一軒の古い、しんとした家の前におれたちはいた。じいさんはそのうちを指さして、

「ここだよ、ビショップ」

うぉん！

「ようこそ我が家へ。歓迎するよ」

うぉん？

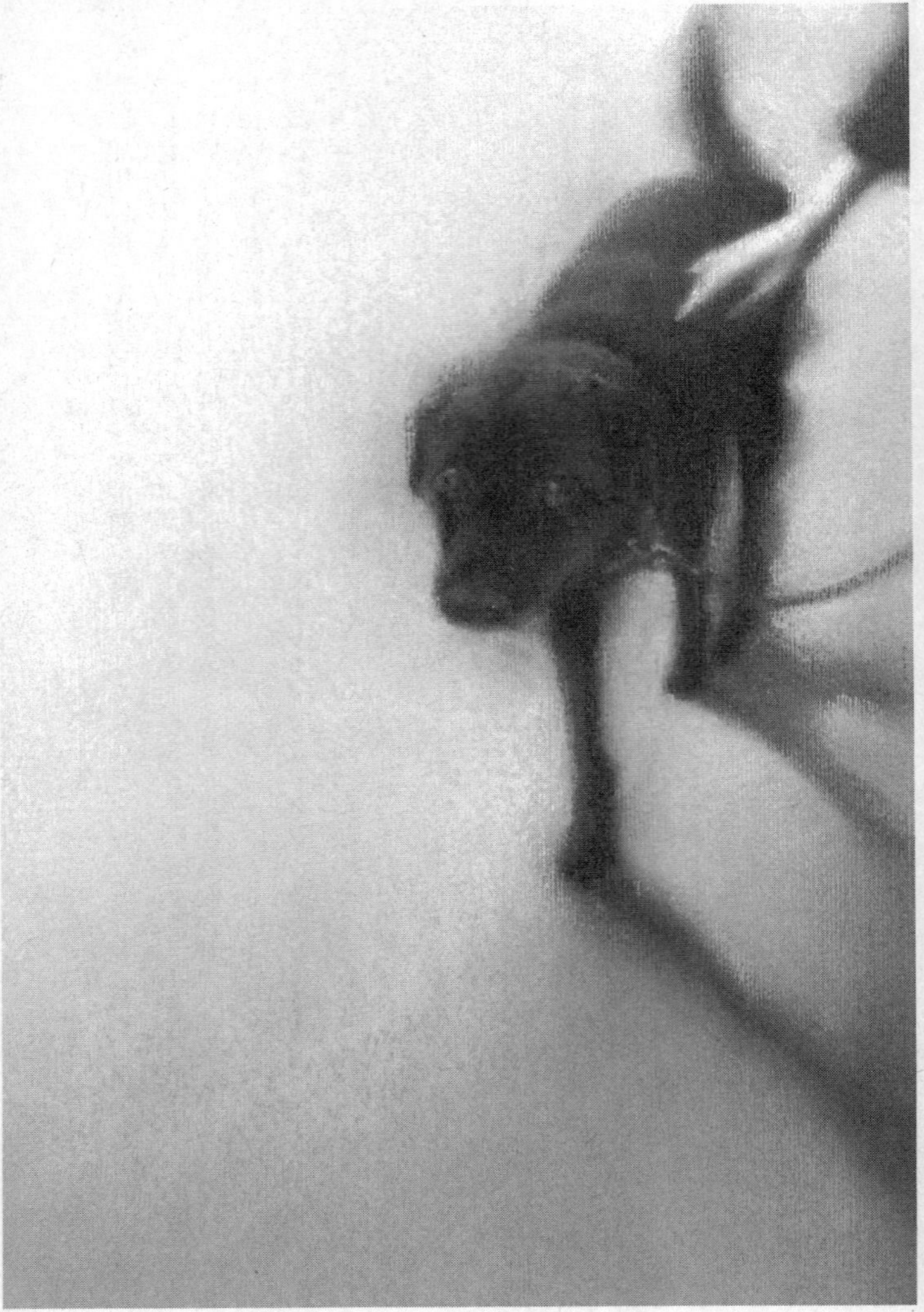

おれは思わず疑問形になった。というのはそのとき、木々の鬱蒼《うっそう》と生い茂る黒く沈むその家の庭先から、べつのものが出てきたからだ。

なんと、じいさんの家には先客がいた。といっても、とても防犯には役立ちそうにない、ちいさくて痩せた、黒毛のむくむくっ子だ。歳もまだぜんぜんこどもだ。おれとはちがう。むくむくしたそいつは、まったく無警戒に庭先からこちらに顔を出して、それから大きくて獰猛《どうもう》で立派な様子のおれをみつけると、驚いたように黒い瞳を見開いて、ちいさく、きゃん、と鳴いた。

じいさんが庭先に声をかける。

「ビショップを連れてきたよ」

そいつは答えない。

「仲良くしてくれよ。さぁ、ビショップ。庭を案内しよう。おまえの城になる場所を」

おれは、そいつの牙城《がじょう》だったかもしれない鬱蒼とした庭に一歩、入った。そいつが後ずさる。庭は美しかった。さまざまな木々が自然に絡みあい、冬に近づいた旭川の空からの灰色の光を浴びて、すべてがうっすらと輝いていた。そいつがちいさくまた、鳴いた。

それがおれと、静かなるむくむくの出逢《であ》いだった。

防犯、といっても、その家に知らない誰かがやってくることはまれだった。ごく少数の、家人の知り合いらしき人々が決まった時間に顔を出すぐらいだ。多くの時間をおれは庭でまどろんだり、じいさんに散歩に連れだされたり、むくむくと睨《にら》みあったりして過ごした。

むくむくは黒い長い毛並みで、いつも縁側にいた。ちいさなからだをまるめてちょこんと座って、恨めしそうに横目でおれを見ていた。おれがうっそりと立ちあがって近づくと、あわてて縁側の隅まで逃げていった。むくむくは静かで、怖がりだった。雌だった。すこしずつ恐怖を克服して、しだいにおれに興味を持ちだし、近づいてきた。

一週間ほど経つとむくむくはおれと一緒に縁側でまどろむようになった。ときどきはいっしょに外に散歩にも行くようになった。むくむくはほとんど鳴かなかった。いつも静かだった。おれはこのちいさな幼いものを、自分のいもうと分だと判断した。弱く、幼く、物静かなるむくむくよ。


警察署での激務に慣れたおれには、初めの数週間、この家での単調な暮らしは退屈だった。防犯といっても、危険な客がやってくることはなく、やらねばならないこともとくになく、おれは日がな一日、鬱蒼とした静かな庭で過ごしていた。草木の匂い。暮れかけた日が照らす庭の、湿った土の匂い。豪華ではないが毎日ちがうものが出てくる、じいさんお手製の食事。すべてがまったりとして、時の流れはおどろくほどゆっくりとしていた。おれはそのうちそのことに慣れ、なにもせずにのんびりと一日を終えることを覚えた。なにしろこれは余生なのだ。強く、美しかったおれの。

ある日のことだった。縁側に座るむくむくのそばでおれもうとうとしていると、夕刻、どこからか不穏な匂いがただよってきた。すえたような、黴《かび》とすっぱさの入り混じった奇怪な匂いだった。おれはゆっくり立ちあがり、薄暗い庭を横切って、玄関先を覗いた。そこには初め誰もいなかったが、匂いはどんどん近づいてきた。おれの全身の毛が逆立った。振りむくとむくむくは不思議そうに首をかしげておれをみつめていた。だめなやつだ。弱いものよ。

それはおれのよく知る匂いだった。死だ。死がやってくるのだ。匂いはますます強くなり、まもなく黒尽《ず》くめの服を着た、中年の痩せた男が玄関前にやってきた。ドアチャイムを鳴らす。おれは吠えた。そいつを家に上げるな。じいさん、そいつは死だ！

うぉん！　うぉんうぉん！　うぉんうぉんうぉんうぉん！

「……ビショップ！」

しかられてもなお、おれは吠えつづけた。黒尽くめの客はおそろしそうにこちらを見た。おれは吠えつづけた。逃げろ、じいさん！　逃げろ、むくむく！　死の匂いはますます充満していく。じいさんが玄関の扉を開けて、

「どなたですかな。……ビショップ、静かにしなさい」

うぉん！

「お客さんなんだよ、ビショップ」

おれの首輪につけられた鎖は、あとちょっとのところで玄関まで届かない。じいさんはおれをしかってから、黒尽くめの客の手を引いて、家に入れてしまった。

おれは玄関から縁側にもどって、開けはなされた障子の向こうにある居間に目を凝らした。居間の隅に追いやられたソファに腰を下ろしたその黒尽くめの客は、じいさんに「東《とう》堂《どう》といいます」と名乗った。

「はぁ」

じいさんは返事をした。

「この町を離れてずいぶん経ちますが、あまり変わっていませんね。いや、ぼくが町を出てなにをしていたかといいますとね」

「はぁ……」

東堂と名乗った妙な男は、片手に握りしめた白い細長いものをふりまわしながら、身振り手振りもまじえて話しはじめた。じいさんは奇妙なものを見るような顔で東堂をみつめていた。東堂の話は旭川を出て東京に行き、そこから飛行機に乗って南米に渡り、政権交代が起こった小国での冒険の話になり、その外国で女にモテた話になり、いつになったら旭川にもどってくるものやら誰にもわからなかった。

庭先で、がるるる、と唸りつづけるおれのとなりで、むくむくがちいさくなっていた。むくむくも縁側に座って男をみつめていた。男は話しながら次第に、なにかの気配に気づいたように何度か、縁側のほうを振りかえった。

「誰かいるのですか？」

「いいえ」

じいさんが首を振った。

「うちにはこの年寄りしかいませんが。あとは犬が」

「あぁ。犬はいいですね。さっきは吠えられたけれど」

「犬はいいです。かわいいものだ。家族の一員のつもりでこうして守ってくれている。さっきはあなたを怪しいものだと思って吠えたのですよ」

「ははは。種類はなんですか？」

「シェパード。警察犬としてたくさんの冒険をした犬です」

「それはすばらしい犬だ」

死の匂いがますます充満する。おれの知っている匂い。それは黒尽くめの男、東堂から発散されている。東堂はまた、冒険譚《たん》に戻る。南米からアメリカ、ニューヨークへ渡り、違法なことをして大金を稼ぐ。また女にモテる。さまざまなドラマの果てに日本にもどってくる。東堂は死の話だけはしない。このうそつき男は本当の話だけはしない。こんなにも匂うのに。そしてやがて東堂は切りだす。となりでむくむくが肩を震わせている。

「それで、この家に、ぼくの娘がいるはずなのですが」

「ここにはわたししかいません。この老いぼれと、そしてシェパード」

「そんなはずは。たしかに、たしかに聞いたんだ。この家の女がぼくの娘を産んだと。ぼくははるばる会いにきたんです」

「たしかにわたしの娘がその昔、出産をしました。しかしそのとき生まれたこどもはもういません。ここにいるのは、老いぼれだけ」

東堂は顔を曇らせ、居間を眺めわたした。

居間には鉄道線路のミニチュアがところ狭しと並べられて、ちいさくて真っ黒な鉄道世界をつくっていた。機関車のミニチュアがあふれんばかりに飾られ、楕円《だえん》形の模型が居間いっぱいにくろぐろと広がっている。東堂は死の匂いを撒《ま》き散らしながら辺りを眺めていた。それからあきらめたように、握りしめた白い細長いものをいちど、大きく振った。

それから、ゆっくりと立ちあがった。

「あぁ。いないのなら、しかたがない」

「ええ。ええ」

「名前はなんというのです?」

「……川村七竈、と」

男は目をほそめてなにごとか考えこんだ。それからうっすらと笑った。

「なるほど。七竈」

「ええ」

「あの夜の、白い花」

「……もうお帰りください。東堂さん」

じいさんが男を引っ張って、玄関に送りだしていった。死の匂いが遠ざかっていく。おれは庭を走って玄関のほうに回り、また吠えた。

うぉんうぉんうぉんうぉんうぉん！

「……ビショップ！」

ちいさな声で、むくむくがおれを呼んだ。鎖を引っ張って、おれに言う。

「静かにして、ビショップ」

めったに聞くことのない、むくむくの声。もの静かなむくむくの、ちいさな声。細いからだをかがめて、おれの首にそうっと抱きつく。むくむくの黒い長い毛が地面にたれ落ちる。むくむくはなんだか悲しそうだ。

「だけど、あいつに吠えてくれて、ありがとう。ビショップ」

むくむくは弱々しくつぶやく。おれのいもうと分。まだ幼い、黒毛のむくむく。おれは熱い長い舌でべろんとむくむくのほっぺたをなめてやった。むくむくはまた、きゃん、と鳴いて、それからおれの首っ玉にますますつよく抱きついた。


雪風、雪風、とむくむくが甘ったるい声で呼ぶ少年がやってきたのは、その翌日のことだった。むくむくとよく似た匂いがするこの少年が、彼女の兄弟だということはおれの鼻にはすぐわかった。おれには人間の顔などさっぱり区別がつかないが、匂いはべつだ。

少年は居間の鉄道模型のこちら側に座って、向こう側に座るむくむくとみつめあって夕刻を過ごしていた。その日、むくむくは少年に、前日にきたおかしな客の話をした。

少年、雪風はあきれたような声で言った。

「おかしな野郎だな」

「ええ、ええ。雪風」

むくむくの声は甘く、奇妙にふるえている。

「だけど、そのときおまえはこの縁側にいたのだろ。その男は、おまえの顔を見れば、一発でわかるはずじゃあないか。自分とは血なんか繋《つな》がっていないって。おまえのそのかんばせを見て、自分の娘だと言いはれるような厚顔な野郎は、そうはいないだろう。七竈」

「あの人には、このかんばせは見えなかったのですよ。雪風」

むくむくは悲しげにつぶやくと、すっと手をのばした。鉄道模型が動きだした。がたたん、ごととん。がたたん、ごととん。雪風は模型をみつめた。ふたりはなにも話さなくなった。それきり無言で、静止したような薄暗い居間の中、ミニチュア機関車だけが動いていた。空気は妙に甘く、そしてどこか獰猛だった。

じいさんが台所で晩ご飯を作りだした。ことことと鍋《なべ》が音を立てる。魚を焼くいい匂いが庭に零《こぼ》れ落ちてくる。ご飯が炊けてくる。

じいさんはなにも言わない。誰も、なにも言わない。鉄道模型ががたごとと揺れている。

つぎの日の午後、おれとむくむくは二匹で連れだって町の散策に出かけた。青い紐を握りしめたむくむくは、うつむいてゆっくりと歩いていた。

朝方に降った雨のせいでアスファルト道路はしっとりと湿っていた。むくむくの履く白いスニーカーがかすかな足音を立てた。だいぶ肌寒い季節が近づいていた。

むくむくは黒っぽいセーターにジーンズ姿で、長い黒髪をたらしていた。いつも飾り気のない、若い娘っ子にしてはあまりにシンプルな、むくむくの服。おれはむくむくに合わせてゆっくりと歩いた。これは余生。おれはもう走らなくともよいのだ。ゆっくりいこう。

小高い丘や小川の入り混じった、大きな公園に近づいてきた。公園の入り口に小太りの中年の女が所在ない様子で立っていた。むくむくはゆっくりと女の前を通りすぎて公園に入っていった。

と、いっしょに歩いていたおれは、あの匂い……不吉に酸っぱい、死の匂いに気づいて足を止めた。そして大きく、うぉん！　と吠えた。

むくむくは立ち止まった。

その険しい気持ちが、空気を通して伝わってきた。

うぉん！　うぉん！　うぉんうぉんうぉん！

そのおれの鳴き声に反応するように、近くのベンチに座っていた黒尽くめの男が、顔を上げた。

東堂だ。白い細長い杖《つえ》を握りしめて、立ちあがった。

「七竈？」

呼ばれたむくむくは硬直していた。東堂はどんどんその酸っぱい匂いを撒き散らしながら、杖で地面をこつこつ叩《たた》き、近づいてくる。

むくむくは立ちつくしている。杖を睨みつけている。邪険にしたいのにできない、奇妙な苛立《いらだ》ちがむくむくのからだから発散されてくる。東堂は気づかず、上機嫌だ。

「七竈だね。こないだ家を訪ねたときは留守だったから。君のおじいさんは、はは、君がもういないなんて嘘をついてね。会わせないなんてひどいなぁ」

東堂は楽しそうに話しはじめた。

「近所の人に聞いたら、君はあの家にいるって。よくこの公園に犬の散歩にくるっていうものでね。七竈、もう高校生だとはねぇ。ぼくが誰だか、わかるかい？」

むくむくは黙っていた。東堂はベンチにもどって座りなおした。むくむくはいやそうにうつむいて唇をかんでいた。おれは吠えた。

うぉん！

「ビショップ、鳴かないで」

……うぉん。

「でも、ありがとうね。ビショップ」

むくむくはゆっくりと東堂に近づくと、ベンチのとなりに座った。東堂はうれしそうに、昨日も川村家の居間でじいさんに話していた、外国での冒険譚を語りはじめた。昨日とすこしちがうところがあるようだった。むくむくは黙って座っていた。そのうち日がかげって、気温が急に下がってきた。

十八年前にこの町で出会った女の話になった。東堂は目をほそめて、

「あの人は、生きていたら、いくつになるかねぇ」

「あの、それはわたしの母のことでしょうか。それなら、まだ生きていますが」

「ええっ！」

むくむくの声に、東堂はびっくりしたように叫んだ。それから乾いた声で笑いだした。日が暮れてきた。公園は薄闇に包まれはじめた。

東堂の危険な笑いはしばらく、つづいた。いつまでも笑っている。やがて笑いすぎて浮かんだ涙を手の甲で拭《ふ》くと、東堂は言った。

「そうか。ぼくはなんとなく、あの人はあのあとすぐに死んでしまったような気がしていたよ」

「ぴんぴんしています。いま、いませんが」

「どうして？　娘はここにいるのに、育てないのかい」

「いまだ旅人なのだそうです。……そう、ある人が」

「ふぅん」

東堂は顔をしかめた。それからもう一度「どうして死んでると思ったのかなぁ。それならまず、あの人を訪ねるべきだったのかな。ぼくはだめだなぁ」とつぶやいた。

「はぁ」

「七竈、ぼくがだめなのはね、もう一つ。君の存在をずっと知らなかったことだよ。この

町にいる昔の友達が、あの人……君のおかあさんがこどもを産んだって教えてくれたのが、ほんの、四年ほど前でね。それまでずっと知らなかったし、知った後も、仕事が忙しいのとそんな生き物がいるのが怖いのとで、君に会いにこなかった。君のほうは会いたいのかもしれないとか、さびしい思いをしているかもしれないとか、考えたけれど。ぼくはだめなやつだ」

「あの……。はぁ」

おれはおとなしく座っていた。日が暮れてきた。

東堂とむくむくの匂いはまったくちがった。東堂はなにをまちがえているのだろうか、とおれは不思議になった。男たちには、自分のこどもがどこにいるか知るすべはない。おれだってそうだろう。でも、匂いを嗅《か》げばわかるはずだ。この東堂という男は、そうとう鼻が悪いのではないかね。

むくむくは黙っていた。東堂はほんとうにすまなそうな声で、ちいさく、

「ながいあいだ、悪かったね」

「はぁ、あの……」

「今日だって会いにきただけだ。もう顔も見られないのになぁ。こんなになっちゃって。あぁ、君は、ぼくと似ているのかい？」

「さぁ……」

「もう行かなくては。もう行かなくては」

東堂はゆっくり立ちあがった。むくむくは戸惑ったような、怒ったような顔のまま、つられて立ちあがった。東堂が握りしめた白い細い杖が、ことんと音を立てて地面に落ちた。むくむくは拾ってやろうとしゃがんだ。ぽとん、となにかが落ちてきた。雨のような一粒。むくむくと一緒に、おれは東堂の顔を見上げた。

ぽとん、ぽとん。白くにごった瞳から、全部で三粒だけ、涙が流れた。

「あぁ。ほんとうに、悪かったねぇ」

「あの」

「ずっとほうっておいて悪かった。知らなかったときも。知ってからの四年間も。いまだって、死ぬのが怖くなって会いにきただけなんだ。自分の血がつづくのを知りたかっただけなんだ。ぼくはずっとこんな男だ。それで、このまま死ぬのだなぁ」

「あの、でも」

「七竈。ほんのすこぅしだけ、ぼくを許してくれないか？」

「……じゃあ、ほんのすこぅしなら」

と、むくむくは短く答えた。それから拾った白い杖をそうっと、東堂に渡した。

東堂は杖を握りしめると、地面をこつこつと叩きながら歩きだした。むくむくが「送らなくて……」とつぶやくと、いいよというようにちいさく首を振った。

「ありがとう」

公園の出口の辺りに、東堂と同じぐらいの年頃の、小太りの女が一人、立ち尽くしていた。さっきもいた女だ。こちらをみつめていた。東堂がゆっくりと歩いていく。女は東堂に近づくと、公園を出たところでタクシーを停めた。

東堂を先に乗せて、いちどこちらを振りかえった。強い視線。射るような。女はかすかに会釈をしたようだった。憎むような、憧《あこが》れるような。不思議な視線がむくむくの細いからだにからみついた。それから、太った身を風のように軽々と翻して、女は自分もタクシーに乗りこんだ。

むくむくはぼんやりと立ち尽くしていた。タクシーは走り去っていった。風が吹いた。むくむくの長い黒い髪がふわりとまきあがった。

「ほんのすこぅしだったら」

むくむくがつぶやいた。誰にともなく。

「なんでも許せる気がしてしまう」

「ねぇ、ビショップ？」

ほんとうにちいさな声。

ちいさな。

タクシーとともに、死の匂いが遠ざかっていく。おれはほっとして、みじかく鳴いた。むくむくは怒ったような顔をして、足早に歩きだした。暗くなっていく公園を、おれを連れて。

「おかしな人！　大人って、かわいくて、かわいそう！　おかしなものですねぇ！」

家路。おれはどんどん早足になる、怒れる黒毛のむくむくを追いかけるように、走りだした。この余生。もう走らなくてもよいかと思っていたのになぁ。

と、急にむくむくが立ちどまった。

おれは吠えた。

うぉん！

はやく家に帰ろうよ、と思いながら、おれはむくむくの手の甲をべろんとなめてみた。じいさん、晩ご飯をつくって待ってるぞ。

するとむくむくがちいさく鳴いた。

きゃん。

三話　朝は戦場

朝は戦場。午前六時に起きて米を五合研いで洗濯機をまわして、働くわたしとばかな夫と七歳から十七歳までの六人のこどもたちの服を洗い、干して、炊飯器のスイッチをオン。顔を洗って、着替えながら長男の雪風を叩《たた》き起こして、雪風にほかの弟妹を起こさせる。順番に顔を洗い着替えて食卓につくから、お味噌汁《みそしる》と多めにつくっておいた昨日の晩ご飯の煮物を出して、ぼうっとしている雪風のお尻《しり》をぴしりと叩いて、八人分のご飯をお茶碗《ちゃわん》につがせて、お味噌汁もつがせて、箸《はし》も用意させる。ばかな夫はまだ起きてこない。七歳になる長女の夢実《ゆめのみ》が甘ったるい声で「パパー」と起こしに行く。夫は夢実ともそもそと話している。わたしは卵焼きを大量に焼いてウィンナーもいためて、ゆでたブロッコリーといっしょにこどもたちの弁当箱につめていく。朝は戦場。もう十七年も帰還できない兵士がわたしだ。朝は戦場。夫が起きてきた。雪風のとなりに座ってぼうっとしている。流れ弾に当たって気づかぬうちに死んでしまえ、この戦場で、とわたしは思う。夫は膝《ひざ》の上に夢実を抱いて「起きまちたよぅ?」と甘い声で言う。

わたしは桂多岐《かつらたき》。旧姓は田中多岐。やってられない毎日だ。わたしは貧乏くじをひいた女。やってられない毎日だ。

わたしはこの地元である旭川の道立高校を卒業して駅ビル内にあるブティックに勤めた。しゃれた洋服が好きで、お化粧やこまごまとしたアクセサリー集めなども好きだったからだ。仕事は楽しかった。ついこのあいだまでそういった二十歳過ぎの女だったような気がしているが、その後わたしは桂くんという名の壮大な貧乏くじをひいたのでいまもう四十二歳だ。四十二歳とは！　二十歳過ぎのときはまだ年号が昭和だったのだと気づいて、先日わたしは、洗濯籠《かご》を取り落としてしばし、愕然《がくぜん》としたものだ。昭和とは！　いまのわたしにはこどもが六人と、てこでも働かぬばかな夫がいる。それから友人が一人。ほかにはなにもない。わたしは貧乏くじをひいたのだ。あぁ、寒い。もうすぐ冬がやってくるのだ。旭川の冬は寒い。わたしはあわてて、弁当を持って出ていこうとする長男の雪風――高校がいちばん遠いので、バスに乗るためにはやめに出かけるのだ――の首に、赤いマフラーを投げつけた。マフラーはたいへんに忙しいというわたしの事情を察したように、魔的な動きで雪風のほっそりとした青白い首に巻きついた。

「……赤いマフラーだ」

「駅ビルで買っておいたのよ。雪風、あんたはほうっておくとなにも買わないから」

「いや、買ってるだろう。かあさん」

「おかしな鉄道模型しか買わないじゃないの。しかも、ぜんぶ川村さんちにおいてくるし。

いいからはやく行きなさい」

雪風はうつむくと、自分の首にゆるりと巻きついた赤い毛糸のマフラーをじっと見下ろした。かすかに微笑む。

「まっかだ」

「ええ」

「七竈の実の色だね」

「……そうねぇ」

「いってきます」

雪風の背中が遠ざかり、公団住宅の錆《さ》びかけた鉄のドアがゆっくりとこちらに向かって閉まってくる。

台所を振りかえると、夫の背中がほんのすこし緊張していた。七竈の実の色。なんでも結びつけて考えてしまうのだなぁ。十七歳よ。我が息子よ。夫は夢実といっしょにもそもそとご飯を食べている。わたしは歯をみがいて手早く化粧をして、そうしながら薄暗い洗面所の鏡をじっと覗《のぞ》きみた。

……これでも昔は、まぁ、見られるほうだったのだけれど。若さは魔法だったのだなぁ。いまではただのおばさんの顔だ。目の周りの肉がおちくぼんで、まぶたのラインが古ぼけている。口角が下がってへの字口になっている。普通の女が、それなりに苦労をしながら年を取った顔だ。いやだなぁ。まったくもって。こんなはずじゃあなかったのに。

ブラウン系のシックな口紅をぬって、上唇と下唇をくっつけてんーっぱっ、とやって、そこで気持ちを切り替えて、わたしは足早に洗面所を出た。財布と携帯電話と化粧ポーチと、通勤時間に読む文庫本一冊を放りこんだ茶色い革鞄《かばん》を肩からさげて、夫の背中をばしばしと叩く。

「……ん？」

「いってきます。片づけ、お願いね」

「うん」

夫はわたしに背中を向けたままうなずく。曲がった背中。かすかな緊張。わたしはもう一回、夫の背中を叩こうとして、憎しみが混ざってしまう気がして、やめた。追いつめたくもないのだ。それにバスの時間が迫っている。

残りの五人のこどもたちは夫にまかせて、わたしはさっき雪風が赤いマフラーを巻いて出ていった公団住宅の重たい鉄のドアを開けた。眩《まぶ》しい朝日が降りおちてきた。冬に近づいた旭川の、白い、乾いた朝。わたしはもういちど「いってきます……」とつぶやくと、朝日の中に踏みだした。

わたしの職場は、旭川の駅前にある。わたしという女はどうやら駅前という場所が好きらしい。都会からやってきた大型チェーンの書店で、四階建て鉄筋コンクリートの大きな店舗を誇っている。わたしは一階の文庫本コーナーを任されている。アルバイトの大学生たちとともに、発注やらレジ打ちから、棚卸しといった力仕事までこなしている。

大学生たちは最初はあまり真面目に働かなかったが、いちどわたしが棚卸しの最中に腰を痛めてからは、率先して力仕事をやってくれるようになった。彼らにとっては、母親……よりは若いとはいえ、年配の女性が倒れるのは、この世のこととは思われぬぐらいおそろしい出来事らしいのだ。それ以来わたしは彼らに気楽にぐちを言うようになった。「腰が痛い」「疲れが取れない」「あぁっ、目がかすむ」八割方はうそだが、おそらくまだばれてはいない。

その朝も、一階裏の倉庫で取次ぎからきた段ボールを開けていると、大柄で一見怖いが、話してみると意外と愛嬌《あいきょう》のあるアルバイトの男の子が近づいてきて「やりますよ」とささやいた。

「あら、悪いわね」

「こういう重いものを持ってね、立ちあがる瞬間に腰に負担がかかるんだって。医学部のやつに聞いたんだけど」

「へぇー」

「座っててよ、桂さん」

「はいはい」

パイプ椅子に座って、べつの書類仕事をしながらちらちらと段ボールのほうにも目を走らせる。男の子は手早く作業をしながら、

「桂さん。こないだ話した彼女のことなんですけど」

「ふむ?」

わたしは首をかしげた。それからあぁ、と思いだした。ほんの三日ほど前、客足が途絶えた一階のレジで、大学のゼミに気になる女の子がいる、という話をしていた気がする。

「あの子ね。うん」

「つきあうことになったんですけど」

「えぇ! そりゃまた、話がはやいわね」

「そんなもんですよ。でも彼女、べつのやつと別れたばっかりで」

「はぁぁ」

「……真面目に聞いてくださいよ」

「聞いてますよ」

「うそですよ。ちゃんと聞いてください」

「……ごめんごめん。それで、つきあうんだっけ」

「だから、つきあうんだけど前の恋人のことで彼女がね」

ぺちゃくちゃと話しつづける男の子に、わたしはふむふむと相槌《あいづち》を打ちながら仕事をこなしていた。男の子はいつのまにか仕事の手を止めて、語りに専念している。「手、手、止まってる」とボールペンで指して注意すると、男の子はうなずいてまた、つぎの段ボールに手をのばした。

「……ねぇ、桂さん」

「うん？」

「恋って、痛みですよねえ」

「ぶほっ！」

「なんで笑うんですか！」

「おもしろいからに決まってるじゃないの。痛み、痛みねぇ。あぁ……。でも、いやだ、そういえばそうだったわねぇ」

ふいに胸に、その痛みの記憶みたいなものがほんの一瞬、浮かびあがってきた。そんなものはずいぶん昔の感覚のはずなのに。わたしはもう四十二歳だ。こどもが六人いる。六人もよく産んだものだなぁ。自分がしでかしたこととはとても思えない。

こどもを産むとせかいが変わるというのはほんとうだ。これは産んでいない女にはけしてわからぬ感覚だ。わたしは雪風を産んだときに、これまでの自分がなにもわかっていなかった、ということがわかった。それは感動だった。でも、二人目からは惰性とともにひりだしたようにも思う。わたしを取り巻くせかいはテコでも動かなくなり、まるでかきわりの空に囲まれているようで。ただ、日々の義務だけが増えていき、追われるばかりだ。

あぁ、胸が痛む気がする。

なにもないのに。ただやらなくてはいけないことがたくさんあるだけで。恋の痛みなんてものは。もう遠いはずなのに。

「まるで幻肢痛《げんしつう》みたい」

「はい？」

「つられて、胸が痛いわ」

「恋、してるんですか。桂さん」

「してないわよぅ」

わたしは段ボールから山のように出てくるパステルカラァの表紙の恋愛小説たちを眺めながら、吐息をついた。一冊手にとって、ぱらぱらとめくってみる。

「はぁ」

「うわぁ、甘いため息！」

「大人をからかわないの。あぁ、でも、恋がしたい気がするわ」

「……誘ってないですよね」

「誘ってないですよ」

「あぁ、よかった」

「ばーか。ただ、おばさんだってそう思うのよってことよ。女なんだもの。あぁ、いやだわ。わたしまだ恋がしたいんだわ。ということは、まだ、生きてるのねぇ」

「腰が痛いのに。目がかすむのに」

「そう。……あぁ、開店時間だわ。もう、行かなくちゃ」

わたしが立ちあがると、男の子もつられて腰を上げた。

そうすると、小柄なおばさんであるわたしはその子に見下ろされることになる。最近のこどもときたらなんと大きいのだろう、とわたしはあきれかえる。申しわけなさそうに背を丸めて姿勢わるく、男の子は歩いていく。ふと振りむいて、

「あれ、桂さん。今日って何曜日でしたっけ」

「月曜日よ」

わたしは間髪おかずにこたえる。男の子はうなずいた。

「桂さん、火曜日が休みなんですよね。じゃ、明日いないんだ」

「そうよ」

「桂さんぐらいの年の、女の人って、休みの日、なにしてるもんなんですか?」

とても想像がつかぬことのように、男の子が問う。

わたしは思わず、自分の鞄に目をおとす。

鞄の中で携帯電話が、不吉に光っているような気がする。魔的な力をもって、いまにも飛びだしてきそうに感じられる。わたしの声がしらず低くなる。

「電話を、待ってるの……」

「へっ? なんですか?」

「……なんでもないわ。主婦の休日なんて、うちのことをあれこれしてたら終わっちゃうわよ。こどもがいるし、夫はばかなんだもの。ふふふ」

男の子とならんで、倉庫を出て歩きだす。天井が高くてぴかぴかした書店のフロアを、

蛍光灯が煌々《こうこう》と照らしている。白い棚に本がぎっしり並んでいる。新刊コーナーには話題の本が、結婚式のシャンパングラスの如く、凝った形で高く積まれている。わたしは明日が火曜日だということを意識する。

火曜日は、Yからの電話を待つ日。

わたしはいつも早番である。夕方には家に帰って、こどもたちを迎えねばならない。ばかな夫はさいきんは働いていないので、一日そのへんをぶらぶらしている。わたしはバスに飛び乗って、寄り道もせずに一路、家を目指す。バスの中はわたしによく似た、すこし疲れた顔をした大人たちでいっぱいだ。みんな表情もなく、輪郭をゆるめ、ぼんやりとただバスの揺れにあわせてからだを揺らしている。

渋滞につかまってバスが動かなくなると、わたしは革鞄から文庫本を取りだして、読む。パステルカラァの恋愛小説は読まない。もっぱらミステリーと時代物だ。眉間《みけん》にしわをよせて、わたしは読む。読む。バスが動きだす。ゆらり、と車体が揺れる。

あぁ、家にまた近づいてしまうなぁ。

わたしはバスの背もたれに体重をかける。お腹のお肉が、たぷん、と揺れる気配がする。あぁ、太ったのだなぁ。一見、中肉中背のおばさんだけれど、お腹や二の腕の贅肉《ぜいにく》はときどき、おどろくほど勢いよくたぷん、と揺れる。たぷん。たぷん。まるで液体が入っているみたいだ、とわたしはあきれる。時間が積み重なったいやなお汁。

バスが角を曲がる。渋滞で遅れてしまったからだろうか。すこし急いでいる。車体がななめになったような感じがする。バス停を微妙に通り過ぎたところで急停車。わたしはバスを降りる。

夕刻の町を歩きだす。足早に。どこにも寄らずに。

歩きながらふと、今朝の会話を思いだした。恋がしたいわ、と思ったこと。その昔、二十歳だったころの自分が、美しい男をとても好きだったこと。

そのころわたしは、男は顔よ、とことあるごとに女友達と話していた。

自分が平凡な、おしゃれだけれど美しくはない、ただの若い女だったから、生まれついて美しい男が大好きだった。天上人《てんじようびと》のように感じさせる端整な美貌《びぼう》や、長くて細い足でゆらゆらと歩いていく様子や、苦みばしった表情を浮かべる横顔などが好きだった。鏡の中にはいつも、いかにも現実に不満そうな顔をした、つまらない若い女がいたから、わたしは鏡などよりも、美しい男ばかりを見ていた。

そして桂くんは、とびぬけて美しかった。

しゃべるとばかだったけれど、かまわなかった。当時勤めていた駅ビルのブティックに、よく買い物にきた。女の人にプレゼントするアクセサリーやなにかをだ。「どれがいいかな？　君はどう思う？」ちょっと間延びした話し方で、毎回、わたしにアドバイスを求めてきた。わたしはその顔にみとれた。桂くんは旭川の町では有名な美形の男で、女たらしだった。女たちは引きもきらず桂くんを追いかけまわし、桂くんは適当に相手を選んではつきあったり別れたりを繰りかえしていた。わたしは桂くんを手に入れた女のうちの一人になり、そしてこどもが……雪風ができたので、頼みこんで、結婚した。桂くんは抵抗したけれど、わたしは土俵際で踏んばった。周囲を味方につけて結婚まで持ちこんだ。どうしても、完全に手に入れたかった。産むことで。結婚することで。それはパステルカラァの恋愛小説風に言えば〝恋にクルッテ〟したことだ。あぁ、いま考えると、おかしなことだ。

　わたしは貧乏くじをひいたのよ。

と、毎週火曜日に電話をくれる友人Yに、いつも言う。

わたしは貧乏くじをひいたのよ。あぁ、つまらない毎日よ。

友人Yは笑って、好きで結婚したんでしょ、などとこたえる。

わたしは反論する。美しい男は楽しむものよ。愛《め》でて、味わって、食らいつくしたら後にはなにも残らない。美しい男が好きだったけれど、一緒に生活しようなんて考えるべきじゃなかったの。わたしは貧乏くじをひいたのよ。あのころ桂くんを楽しんで食らいつくしたあの若い、恋にクルッタ女たちは、いったいどこにいったの？　いまもこの町にいて普通のおばさんになって生活しているの？　わたしだけがずっと、美しくなくなった桂くんを養っている。毎日、働いている。やってられない毎日だ。もう桂くんに酔えない。ばかなんだもの。働かないんだもの。それなのにときどき優しいんだもの。わたしは貧乏くじをひいたのよ。

そんなぐちを言う。いつもきまって同じことを。友人は笑って聞いている。やってられない毎日だ。

バス停から歩いて帰る途中、ぞわり、と背中に寒気を感じた。人ならぬものが通り過ぎたような、一瞬の氷のようにつめたい気配。強く吹いた冬の始まりの乾いた風に、髪をおさえながら、振りかえった。

川村七竈がとことこと小股《こまた》で通り過ぎていくところだった。毛玉のついたセーターに、妙な色のニット帽。ジーンズに飾り気のないデザインのブーツ。いつもながら、あきれるほどのしゃれっ気のなさだ。わたしがあれぐらいの年頃のときは、すこしでも自分をきれいに見せたくて必死だったのに。七竈の黒い長い髪がニット帽から流れて、ほそい背中に垂れ落ちている。いかにも獰猛《どうもう》な、大きな雄のシェパードを連れている。シェパードが先にわたしに気づいて、うぉん、と吠《ほ》えた。七竈は「ビショップ……」と注意しようとして、顔をあげ、わたしをみつけた。

「あ、おばさん」

「ななちゃん。お散歩？」

屈託なくわたしをおばさんと呼んで、七竈は微笑した。びっくりするほどに整った、ちいさな白い顔。大きな瞳《ひとみ》と通った鼻筋と、花びらの如くすこし開いた、唇。夢の中で咲いた花のような風情で、七竈はぼけーっと立っていた。わたしの言葉に、すこし遅れてうな

ずいて、

「ええ、ええ。ビショップの散歩を」

「飼い始めたばかりなのよねぇ。ななちゃんちって、ペットを飼うのは初めてでしょう？　もう慣れた？」

「さいしょは怖くて。大きいし、吠えるし。でも、慣れてきましたが」

「そう」

「ビショップはどうもわたしのことを、なめているというか。こどもだと思っているようですが。ときどき命令されているような気がする。あっちに行け、こっちに行け、もう帰るぞ、というように」

「そういうものよ。ペットって、家族の中でいちばんちいさい子より、自分のほうを上だと思うらしいから」

「あぁ。なるほど」

七竈は納得したように、うなずいた。

この高校二年生になる少女は、わたしの長男、雪風と幼稚園で同級だった。母親どうしが仲良くなったために、ずっとつきあいが続いているが、わたしがそのことに気づいたのは、雪風と七竈が小学校を卒業するころだ。

他人どうしがここまで似ていてよいものか、というほどに、雪風と七竈は、似てきた。わたしの産んだこどもたちはどの子も、父親似だ。きっと平凡な女よりも、美しい男の遺伝子のほうが強いのだろう。それは魔的な力のように感じられた。六人のこどもたちはわたしをおいて、どんどん美しくなる。まず雪風が、美貌の少年となった。朴訥《ぼくとつ》とした本人の性格には関係なく、顔だけが美貌に成り果てる。そしてつぎの息子もまた、変化し始めた。その変化とともに、べつのうちの子である七竈も、面立ちを劇的に変え始めた。平凡な女よりも美しい男の遺伝子のほうが強いからだ。今年七歳になるわたしの長女、夢実もまた七竈のように変わりつつある。いまやわたしだけがあの家の中で、美しくない存在だ。

そのころから、わたしの友人Y——七竈の母は家を空けがちになった。娘をおいて、出奔しては、もどってくる。そこはかとなく心配で、わたしはときどき川村家を訪れて様子を見た。雪風もまた、川村家によく出入りしていた。気づき始めたことを、家族は誰も口に出さなかった。わたしも、Yも、ばかな夫も。こどもたちも、また。そのまま年月が過ぎた。

いまも七竈は、あまりに人目をひく、天上人の如き美貌を、あまりに工夫もしゃれっ気もないあきれるほど地味な服装に包んで、ぼうっと立っている。美しさをどうする気もない、雪風とよく似た朴訥とした様子だ。百歳のじいさんだってこうはいかない、とわたしはあきれ、でもどこかで感心する。ここまで自分の美貌に関心がないという、その清々《すがすが》しさに。

あぁ、それこそが天上人。

「そういえば雪風が」

「うん？」

「素敵なマフラーを」

歩きだしたわたしについてきながら、七竈がちょっとうらやましそうにつぶやく。こんなに服装に無頓着《むとんちゃく》な娘がマフラーなんてほしいのだろうかとわたしは首をかしげた。それから、彼女がうらやんでいるのは、冬の初め、母にマフラーを買い与えられるということそのものなのだと気づいた。七竈の孤独がすこし可愛そうになる。やさしい気持ちがほんのちょっと蘇《よみがえ》る。そしてまた心の奥のほうによどんで消える。

「赤いマフラーでしょう」

「ええ、ええ」

「ちゃんと巻いてた？　あの子、ばかなのに風邪引くから」

「ぐるぐるに巻いていました。暖かそうで。きれいな赤。おばさん、あれは雪風によく似合う」

「そういや、あのばか、七竈の実の色だとか言っていたけど」

風が吹いた。あぁ、もう冬だと感じさせる、骨にしみこむようなつめたい風。わたしはしらず吐息をついた。そして、しばらく返事がないことに気づいてとなりを見た。足元で大きなシェパードも、不思議そうに七竈の顔を見上げていた。

七竈は、頬を染めていた。

まっか。

七竈の実の色だ。

「そんなことを！」

「ええと……。ええ」

「そういえば、そうですね」

ふたりで同時に、歩きながら街路樹を見上げた。秋も終わりに近づいて木の葉を舞い落とした七竈の木が、道路の脇に延々とつづいていた。葉を落としてはだかに近くなった樹木に、真っ赤なちいさな実がいくつも残っていた。このまま、冬になって雪が降っても赤い実は残っている。

いつまでも赤くて、かたくて、ちいさく、かたくなる七竈の実よ。

「そんなことを！」

「ええ」

「雪風は！」

それきり七竈はなにも言わずに、どんどん早足になっていった。シェパードがそれにあわせて、アスファルト道路の上でたかたかっとギャロップを踏んだ。七竈は歩いていく。黒い長い髪が風にぶわりと巻きあがった。シェパードがまた、うぉん、と吠えた。

夜も戦場。八人分の晩ご飯をつくって出して、雪風のお尻を叩いて手伝わせて、緒方みすずとかいう雪風の学校の後輩が訪ねてきたのでよくわからないながらいちばん社交力のある七歳の夢実に相手をさせて、洗濯機をまわして、晩ご飯を食べさせる。そして後片づけ。

台所でまとわりついてきた夢実に「そういや、さっきのおねえちゃんはなんの用だったの?」と聞いたら、「ゆきちゃんのこと大好きなんだって」「なんだ」あまり驚くことでもないので、夜のベランダに出て洗濯物を干しながら、うなずく。あの子も美しい男が好きなのね。不幸になるかもしれないなぁ……。

夫は、テレビの前に座ってプロ野球珍プレー番組を見ている。ちょっとは手伝ってよと言いたいところだが、こどもたちの相手をしながらのことなので文句も言えない。夢実が「パパ、パパ」と夫にまとわりつく。美しくなくなった桂くんを慕う女は娘だけなのかしら、とわたしはとてつもなく意地悪なことを考え、こっそりとほくそ笑む。夫が振りむいて、無邪気な様子で「見て、見て」とテレビを指さした。

「なによ!」

「このバッター。構えがおもしろいんだ。おまえに見せようと思って。こいってば」

「忙しいのよ!」

「ほら、ほら」

わたしはおざなりにテレビの前までいって、そのおもしろい構え方のバッターを見た。

「あぁ、おもしろいわね」

「……おまえ、ぜんぜん笑わなくなったなぁ」

「あなたがへらへらし過ぎなのよ」

「夢実、かあさんみたいな女になるなよ」

その声に、七歳の夢実はこまったようにうつむく。

わたしは心がいらついて、わざと大きな音を立てながら家事を続ける。こどもたちはそれぞれ宿題をしたりベランダに出て携帯電話をいじくったり、ばらばらになにやらやっている。夜も戦場。やらねばならないことと、腹の立つことばかりある。

もう誰もわたしという女を愛していない。わたしはひとりぼっちだ。七人もの美しき天上人がひしめくこの家の中で、なぜだか、そんな気がする。


朝、再びの戦場。

火曜日の朝もいつもと同じようにこどもたちを起こし、雪風を叩き起こして弟妹の世話をさせて、お米を研いで、洗濯して、お弁当のおかずをつめて、夫にまた「ばか。ばか」と言い、こどもたち全員を送り出すと、わたしはほっと一息ついた。

今日は休みの日だ。たまった家事をやって、掃除をして、それから散歩にでも行こう。白い洗濯物が無数にはためくベランダに出て空を見上げると、肌寒い冬の空気はそれでも、天気がよくて爽《さわ》やかだった。洗濯物はぜんぶ白くて、とにかくたくさんたくさんで、わたしにはそれが、大量発生した白旗のようにも思えるのだ。いつのまにか夫の姿はない。またパチスロにでも行ったのだろう。ひまを潰《つぶ》すことにかけては彼は玄人だ。わたしは掃除をすませると、軽く化粧をして、財布と携帯電話を持って外に出かけることにした。

時間は、午前十一時。近所の、小川が流れるちいさいけれどよく整備された公園についてベンチに腰を下ろしたとき、ポケットの中で携帯電話が鳴った。

時間に正確な女。友人Y。

七竈を産んだ、あの女。

わたしは三コールめで電話に出た。

「おはよう、優奈！」

『……おはよう、多岐』

電話の向こうから、眠そうなけだるい声がした。

「いま起きたの？　こっちはもうあらかた家事をこなしたところよ。いま公園。どこにいるの？」

『……どこでもないところ』

「男といっしょ？」

『うん』

「いいおばさんがなにやってるのよ。帰っていらっしゃいよ！」

『そうはいかないわ』

相変わらずさびしそうな、消え入りそうな声だ。

「いつも男と一緒なのねぇ、あなたって人は」

『ええ』

「ねぇ、どんなの？」

『ええと、どんなのって、若いの』

「いいおばさんが！」

『……多岐、自分に言い聞かせてるみたいね？』

Yが柔らかな声で、でも鋭く、反撃してくる。

毎週、火曜日――わたしが休みの日の昼前にかかってくる電話。家族にも、娘にもかけないくせに、なぜかわたしにだけ。贖罪《しょくざい》なのか、いやがらせなのか、それとも……友情のようなものなのか。よくわからない。Yは誰にも理解のできない可愛そうな女だ。

「よくもまぁ、そんなにつぎつぎ、男をみつけられるものねぇ。あなた、そんな、若くも美人でもないのに。どうしてなのかしら」

『男がわたしをみつけるのよ。彼らには嗅覚《きゅうかく》があるの。だらしない女がわかるのよ』

「ふぅん」

『ちゃんと聞いてよ』

「聞いてるわよ！」

『……いまなに考えてる、多岐？』

公園の通路を、こどもを連れた若いおかあさんが横切っていった。反対側からは老人が、一人。路上生活者らしい壮年の男二人組が、通路の隅にしゃがみこんでなにやら静かにしゃべっている。

天気はよく、冬の風がぴゅうぴゅうと吹いてくるけれど、日射しにはまだ暖かみがある。

「なにって……」

わたしは吐息をついた。

「優奈、あなたほどいんらんな人はいないなぁ、と思っていたのよ」

『あらぁ、わたしはずぅっと、不感症よ。わかっているくせに。多岐』

「ん……」

『なにしたって、なんにも感じやしないわ。だからこそよ。あのねぇ、多岐』

物静かな、消え入りそうな声でまた反撃する。

『六人もこどもを産むほうが、ずっと男好きよ。生きる気が満々にあるからそんなことできるんだわ。一人の男のこどもを六人も産むなんて。あはは、正気の沙汰《さた》？』

「だって。産んでも産んでも足りなかったから」

『ばかなやつ。教えてあげる。おんなの渇きというものは、けして癒《い》えないのよ。そんなに年をとるまえに、気づきなさいよ』

そう言うと、電話の向こうで優奈はあはははと笑った。まるでまだ若い娘のような、屈託のない笑い声。わたしは優奈が目の前にいたら靴を脱いでかかとのところで何度も殴ってやるのに、と思った。遠くにいるからこそ言いたいことを言う優奈にも、いないから安心して毒づく自分にも、苛立《いらだ》つ。

ああ、産んで、産んで。

まだ足りないと、満足できぬと、産んで、産んで。

母なる大地に縛りつけられ、もう、どこにもいけない。

『多岐、ご主人とはどうなの？』

「あの、ばかのこと」

『そればっかりね。もう愛してないの？　六人も産んだくせに。あはは』

「……夫婦のことは夫婦にしかわからないわ」

『……そうよね』

傷ついたような沈黙に、わたしはほっとする。心の中で脱いで握った靴をまた履く。わたしはあなたに傷つけられるばかりではなかったのねぇ。優奈よ。旅人よ。愚かな女よ。

わたしは自分の、袋小路のようになった未来を思った。やらねばならぬことが山積みで、二度と再び、少女のような気楽な身分にはなれぬように思える、この先のことを。わたしの知らぬところをさまよい続け、老いてゆくこの奇妙な友のことを。

「優奈」

『ん？』

「どっちが地獄？」

『あなたよ』

「そうかな。逆じゃない？」

『さぁ。あなたのことなんかわたしにはわからないわ』

電話は切れた。とうとつに。いつものことだ。それでもまた来週の同じ時間にかかってくることはわかっていた。どこにいても。誰と一緒でも。優奈はわたしに電話をかけてくる。わたしも電話を待っている。一切を愛せぬような、旅にクルッタ彼女を恐ろしく思う。娘をおいて家を出ていけるあの眩《まぶ》しい勝手さを、苛立たしく思う。

わたしは公園のベンチから立ちあがった。幸福な若い母親がこどもをつれて集まってくる。何組も何組も、お昼時の公園にやってくる。昼休みの時間になったらしく、どこからか、制服姿のＯＬたちが、お弁当箱を持ってやってきて、わたしが立ちあがったばかりのベンチに座る。仲よさそうに微笑みあう、同じピンクの制服を着た二人組だ。同じ男のこどもなぞ産むなよ、とわたしは思う。たいへんなことになりますから。

あぁ、ここは。

この世の果てだ。

公園の通路を歩きだしながら、わたしは頭を抱える。涙があふれてくる。この世の果てだ。この世の果てだ。若くなくなった女がいるのは、この世の果てだ。わたしはあのせまい公団住宅でやるべき家事と孤独に囲まれてあわただしく日々を過ごしている。優奈は若いころと同じおかしな生活を続けている。この世の果てだ。若くなくなってもずっと続いてゆく、女の人生。あぁ。

わたしはもうどこにもいけない。

あの旅人も、どこにもつかない。

それでも旅は続いてゆく。日常という名の果ては、なにやら、やわらかい。

公園から一歩出たとき、あぁ、ひとつ言い忘れた、とわたしは嘆息をついた。優奈に、娘にマフラーでも送ってやれ、と言うのだった。自分からはなにもたずねないけれど、わたしが彼女の娘にたいして言ったことは、必ず守る。あぁ、言ってやるのだった。来週、言おう。もっとも、日々の忙しさにまぎれて忘れてしまわなければのことだけれど。

ここはやわらかい行き止まり。

わたしはため息をまたひとつ。あぁ。

四話　冬は白く

　冬の始まりは白く、まぁるくてつめたい牡丹雪《ぼたんゆき》となって旭川の空をおおいつくしていた。灰色と白のうごめく水玉模様となった朝の空は、まことに気味が悪く、わたし、川村七竈はその月曜の朝からなぜか不機嫌で、むっすりと唇を引き結んで、川村家の古びた玄関を出た。

「七竈、弁当」

　祖父のひそやかな声がして、振りむくと同時に薄紫のちいさな風呂敷《ふろしき》に包まれた弁当箱が、そっと渡された。ちいさなおにぎりと卵焼きと糠《ぬか》漬けが入っていると思われるそれをわたしは受け取り、鞄《かばん》に詰めこむ。

　玄関先で古い七竈の木が、乾いた幹の片側だけに白く湿った雪をつけて、寒そうに震えていた。つめたい風に吹かれるたびに、真っ赤な七竈の実が、たっぷりと積もらせた白い雪をいまにも落としそうに、揺れている。ところでその樹木の向こうには実と同じ赤色をした暖かなマフラーをくるくると巻いた少年が、じっと立ちつくし、微笑んでいる。わたしは昨日、郵便にて母から届いたばかりの自分の真っ白なマフラーをそっと見下ろす。

湿気をふくんだ雪まじりのつめたい風が吹く。

わたしはぶるる、と震える。

「おはよう、雪風」

「おはよう、七竈」

「ホキ二億形を買おうかどうしようかというのが、わたしの今週の課題なのですが」

「なるほど、君が悩んでいるのは穀物を運ぶホッパー車をあのレイアウトに交ぜるのが不自然ではないかということだね。ふぅむ」

「どうでしょうか、雪風」

「そうか。今週、お小遣いが出るのだね」

「そうなのです」

「家畜の餌にする玉蜀黍《とうもろこし》の山を、ビールの材料にする麦芽を運ぶために、冬の大地をひた走る穀物色をした列車。黄金の色」

「ええ、ええ」

赤いマフラーを巻いた雪風と、白いマフラーを巻いたわたしは、よく似たかんばせをほころばせあいながら早足で歩く。バス停に着くとぴたりと足を止め、周りに聞こえぬように、寒さに赤くそまった唇を同時に閉じる。バス停に並ぶ列はどれも寒そうで、わたしたちと同じ、学生服に長靴姿の者たちが冷えた手のひらをこすりあわせている。大人たちは分厚いコートを着込んで、北風にいまにも凍りそうな朝刊を開いて読みすすめている。びゅう、と風が吹くたびに牡丹雪が舞い落ちる。街路樹の七竈も、真っ赤な実に雪を重たく乗せて、風にゆっくり揺れている。

振りむいてこちらを凝視するひとびと。その視線からのがれるように、うつむく。

バスがゆらり、とやってくると、わたしと雪風はそっとみつめあい、微笑んだ。雪風が誰にも聞こえぬようちいさな声で、列車のまねをする。

「がたたん」

わたしはおかしくなって、そのまねをする。

「ごととん」

「がたたん」

「ごととん」

「がたたん」

「ごととん」

「がたたん」

「ごととん」

「先輩、おはようございます！」

——あまりに無粋な横槍《よこやり》に、わたしと雪風は同時にほそい眉《まゆ》をひそめた。雪風の禍々《まがまが》しき異形のかんばせが、怒りにかっと赤くなる。そっと顔を上げると、乗り込んだバスの、わたしたちが立つ場所にほど近い座席に座ったオカッパの女子学生が、わたしに向かって手を振っていた。

「君の知り合いか、七竈」

雪風が眉をひそめたまま、問う。

「……あなたのせいで知り合いなのですよ、雪風」

わたしは少しだけ嫌悪の気配を漂わせつつ、こたえる。雪風はあぁ、と短くうなずく。遺憾ながら、互いにこういったことにはなれっこなのである。オカッパ頭の緒方みすずは、返事をせぬわたしたちに、聞こえなかったのかと言わんばかりにさらに大きな声で、

「先輩、おはようございます！」

「……おはようございます。後輩」

わたしはそれだけ言うと、くるりと緒方みすずに背を向けた。雪風もそれに倣《なら》う。背後から「後輩って……。ふつう、名前を呼ぶでしょ。やっぱりおかしな人！」と緒方みすずがぶつぶつ言う声が聞こえてくる。

背後から甘い、恋する人の匂いが漂っている。興味をもってわたしの、そして雪風のかんばせをみつめる、無数の目も。わたしは瞳《ひとみ》を閉じ、もっと、と願ってさらに強くまぶたに力をこめる。ホキ二億形の黄金色に輝く車体と、たっぷりと詰めこまれた麦の山が揺れながら大地を走るところを想像する。がたたん、と小声でつぶやくと、となりで雪風も、ちいさな声でささやく。

ごとん。

寒くなったせいでいい加減、旭川第二高校の各教室にも大型ストーブが導入され、わたしたち女生徒は始業時間ぎりぎりに滑りこんだ教室の真ん中で、冬の湿気を吸ってどんよりと重たくなったセーラー服をストーブに当てて乾かした。ひとりひとりのセーラー服から、重みを増していた湿気が、まるで魔王たちの登場のごとく真っ白な蒸気となって教室の天井へ立ちのぼる。前にいるのが、横にいるのが誰か互いに見えぬほどの強い蒸気。女生徒たちは白い煙を出しあいながら、くすくすと笑いあう。わたしだけが真顔で、笑いも、話しもせずにただ突っ立っている。

やがて遠くでチャイムが鳴り、冷えた廊下を教師が近づいてくると、わたしたちは席にもどる。焼けるように熱くなったセーラー服のプリーツスカートがふくらはぎに当たり、あつっ、ところどころで女生徒が飛びあがる。溶ける寸前まで暖められたプリーツスカートは、膝下《ひざした》の辺りでいまにも燃えるようだ。

窓際のひときわ寒い席にわたしは着く。片肘《かたひじ》をついて窓の外に目を凝らすと、吹きすさぶまぁるい雪の嵐の向こうに、奇妙な人影が見えた。古い石造りの正門の辺り。背が高く、スーツの上から黒いコートをはおって、いかにも都会的な、ハイセンスなサングラスをかけている。それはせかいの外からやってきたもののようで、しらずわたしはぶるぶるっとからだを震わせた。せかいの外からやってきたそれは、サングラス越しにじっとわたしを

見上げているようだった。つよい風が吹き、くすんだガラス窓をノックするようにはげしく叩《たた》いた。

放課後になり、鞄を片手に教室を出たわたしはまっすぐに正門に向かった。朝と同じ場所に同じ大人が立っていて、わたしに気づくと片眉を上げてみせた。

「ははは。川村七竈さん」

「はぁ、左様です」

「覚えているかな。春に一度、お宅におじゃました……梅木《うめき》ですが」

「はぁ、とんと」

わたしは急ぎ足で学校から遠ざかる。せかいの外からやってきた大人、梅木は長い足で、大股《おおまた》でわたしについてくる。いくら早足で歩いても、追い越されそうなほどだ。ずるいことだ、とわたしは思う。

梅木は、半年ほど前に我が川村家にとつぜんやってきた、都会からの客である男女二人組の片割れだ。今度は一人でやってきたらしい。サングラスを片手で押しあげ、ずいぶんと顔色の悪い、土気色をした皮膚を震わせて、笑う。

「ははは。七竈さん。逃げなくとも」

「に、逃げているのではありません。帰宅しているだけです」

「おびえているようだ」

「それは」

わたしは嫌悪のような、恐れのような説明のできぬ感情に囚《とら》われて、梅木をちらりと見た。

時折、この旭川にもやってくる都会からの観光客などは、誰もがこういう肌をしていた。どこか不健康な、夜と、不摂生の色。ネオンに照らされていれば気にならぬのかもしれぬ。だが旭川の雪と、曇った空と、きらめく北の樹木にのみ囲まれると、皮膚は動く死人の如き様相となる。わたしは半年前も、やってきた梅木が、こわかったのだ。

「アイドルになりたくはないですか。半年前にも聞いたけれど。ははは」

「歌って踊ってカレールーの箱を片手に微笑むのはまっぴらごめんであります。半年前にも答えましたが。はは」

「おや、コマーシャルの種類が変わった。ということはあなたもテレビを見ているんだな。あまりに古風な家だから、なにも見てやしないのかもと思った。でも、そんなはずはないな」

梅木は無表情なまま、つぶやいた。

「田舎には娯楽ってものがない。テレビを見るか、子づくりに励むかだろう。あぁ、なんてつまらないせいかいだ」

わたしは足を止め、梅木の顔を見上げた。土気色の皮膚は北の大地の空気に触れて、ますます死人のように色をなくしている。ハイセンスなサングラスの下にあるのがどんな瞳なのか、うかがい知ることはできない。もしやネオンの如くきらめいているのだろうか。都会の娯楽のもとに。それともどろどろと腐っているのだろうか。夜の諦念《ていねん》に。うかがい知ることはできない。

「テレビは、夜の十時五十五分から五分間、見るのです」

「へえっ。なにを見ているの？」

「決まっています。『世界の車窓から』ですよ」

「決まってるの？　へぇぇ」

梅木は不思議そうに聞きかえす。わたしがこたえないので、

「そんな渋い高校生がいるとはねぇ。まるで現代とは思えないね」

「親友も見ています」

「へぇぇ」

梅木はあほぅのようにへぇぇ、へぇぇ、と繰りかえした。それからスーツの懐に手を突っこんで、四角い、銀色のケースを取りだした。わたしは興味を示して、手元をみつめてしまう。

「それはなんですか。梅木さん」

「これは名刺入れですよ。七竈さん」

梅木は真面目な顔をして、ケースから一枚のカードを取りだし、わたしに手渡した。わたしでも聞いたことのある有名な芸能プロダクションなるものの名が書かれていた。梅木

はそこの部長だった。しかし部署の名前は呪文《じゅもん》のように長くて謎めいていて、わたしには読み下すことができぬ。

バス停の近くにあるちいさな喫茶店に、梅木はわたしを連れていった。カラン、コロン、と鈴が鳴り、わたしたちが入っていくと、半白髪をきれいにまとめたマダムがカウンターの中から顔を上げた。わたしは野菜のクリームスープを、梅木はこの寒いのにアイスコーヒーを注文した。

「カラー印刷機のコマーシャルに出ている美しい人も」

と、アイスコーヒーを飲みながら梅木がとつぜん言った。

「はぁ」

「あの美しい人も、うちの所属タレントなんだ。ははは」

「ほぅ」

「興味なさそうだなぁ」

「ええ、とんと」

わたしは野菜のスープをごくごく飲みながらうなずいた。

「むかしカレールーの箱を持って微笑んでいた、あの美しい人も」

梅木がまた言った。タレントの名を出す。

聞いたことのある、乃木坂《のぎざか》れな、という名を。

「うちの所属タレントだったんだ」

「あれはとても美しい人だった」

「聞き覚えがあります。たしか母がよく知っていたはず」

そうつぶやいたとたんに、胸がきゅうっといたくなった。いんらんの母を思いだして、いたむ。

「まぁ、うちは大手だからね」

のんびりした声で、梅木が言う。

「……とんと興味が」

「人間には、都会向きの性質を持つものと、持たないものがいる。というのが持論なんだ。ははは」

「はぁ」

「美しい人は、都会に向いている、と、そんな気がね。つまり変わっている生きものは。頭がよすぎるものも、悪すぎるものも。慧眼《けいがん》がありすぎるものも、愚かすぎるものも。性質が異質で共同体には向かない生まれのものは、ぜんぶ、ぜんぶ、都会にまぎれてしまえばいい、と思っていてね。ははは」

「都会に、ほんとうにまぎれますか」

わたしはスープをテーブルにおいて、梅木の土気色の皮膚を容赦なく眺める。スーツの奥のからだものびのびと日に当たっているようには見えぬ、痩《や》せた様子だ。これはせかいの外からやってきたものだ。雪風が恋しくなる。あのつややかな、北の国で育ったきらめくかんばせが。

「あんがい、まぎれるものだよ。もちろんまぎれることのできぬほど美しい人は、ああやって、カラー印刷機やカレールーの箱の横におさまるのだけれどね。それも一時的なことだ。やがてまぎれて消えることができる」

喫茶店の外で、雪の風が強くなる。

「ひとはあんがい容赦なく、年を取るものだからね」

びゅう、びゅう、と雪の風が窓ガラスを叩く。

わたしはかんばせをゆがめる。

「もう、帰らなくては」

「つれないな。ずいぶん君を探したのに」

立ち上がって鞄をつかんだわたしを、サングラス越しの強い視線で梅木が引きとめた。走り去りたくとも、手首をがっしりとつかまれている。わたしはうめく。

「やめて、やめてください」

「やめない。相棒と一緒に日本中の地方都市を回って、ようやくみつけたんだ。ほんの何人かしかいなかった。本物の、美少女というものは。我が部は……」

呪文のような部署名を慣れた様子で口にする。

「ほしいんだ。川村七竈が」

「わたしはここに。ずっとここに」

「いられやしまい。調べたんだ、君のことは残らず。いられやしまい。頭がおかしくなってしまうよ」

「なりません。わたしは帰ります」

「帰る場所など、じきになくなるよ」

「なくなりません、けして」

呪いの言葉のように梅木が、低く、うめくように繰りかえす。いられやしまい。わたしは飲みかけのスープをおいて喫茶店を飛びだした。

帰りのバスにまた、緒方みすずが乗っていた。一人で隅の席に乗り、うつむいているわたしをみつけると、近づいてきて、

「どうも、先輩」

「……ええ」

「後輩ですけど」

「そのようですね」

みすずは黙った。

わたしも黙りこくっていた。

バスがゆらり、と揺れる。やがてわたしのとなりに乗っていた男が立ちあがりバスを降

りたので、みすずがとなりに座って、わたしの顔を覗《のぞ》きこんだ。

びっくりしたように、

「どうしたの、先輩」

「なにがです」

「泣きそうじゃない。唇、震えてる」

「さ、寒いのです」

「えぇー？　今日、このへんにしちゃあったかいほうじゃないですか。へんなの。やっぱりおかしな女。でもきれいなのよね。ずるい」

みすずが妙なことを言うので、わたしは顔を上げた。唇を震わせながら問う。

「なにが、なにがずるいのです。後輩」

「生まれながらに美しいなんて、ずるいやつってことですよ。先輩」

「それは、それはわたしの責任では」

「だって、ほとんどの人間は、ふつうなのよ。先輩」

みすずは、オカッパ頭がよく似合っているかわいらしい顔を指さしてみせる。もういちど「ふつう」とつぶやく。

「はぁ」

「ねぇ、でも、十六歳で。まだ十六歳で、先輩みたいにとくべつな同性を見てしまったら。それが恋敵で、わたしを気にしてもいなかったら」

みすずはまだ自分の顔を指さしている。瞳をまんまるに見開いている。

「これからさきのながいながーい人生をですね、先輩。ちっともとくべつじゃない自分とむきあいながら、わたし、どうやって生きてくの？」

バスが揺れる。

緒方みすずとみつめあう。

窓の外で、びゅうっ、と滅びの風が吹く。

わたしは震える。

とくべつな自分と、どうおりあって生きていくのか。

風だけが吹く。

緒方みすずはまだ自分の顔を指さしている。憎らしくなってわたしは、オカッパ頭を引っぱたきたくなる。だから瞳を閉じる。風の音だけがする。

雪風にあいたい。

バス停からの一本道をばたばたと走り、雪のやんだぬかるんだ道で幾度か滑りそうになりながら、わたしは川村家にもどった。飼いはじめたばかりの老いたシェパード犬、ビショップがひんやりと凍えるような犬小屋から黒い鼻っ面だけを出して、それでもいちおう、

「……うぉん！」

おかえり、と吠《ほ》えた。わたしは雪の降り積もる庭にまわって、犬小屋の前でしゃがみこ

んだ。ビショップは切れ長の黒い瞳を寒さにとろりと潤ませていた。

「ただいま、ビショップ」

「うぉん！」

「寒いでしょう。いま、カイロを持ってきますからね」

縁側からうちに入り、鞄から取りだした弁当箱を台所のテーブルに置く。祖父がしまっている使い捨てのカイロを三つ取りだして、手の中でごしごし暖める。庭に出て、ビショップの犬小屋の、犬の匂いがむんむんとする毛布のあちこちに入れてやると、ビショップはまた鼻っ面だけ動かして、うぉん、とおざなりの返事をした。ごくろう、と言ったのだ。

「おやおや、ずいぶんな態度ですねぇ」

「ぐるる……」

「あなたはまるでわたしの王ですね、ビショップ」

「……」

「いい匂いですね、ビショップ。これは獣の匂いです。わたしはあなたの匂いが好きですよ」

冷えた手のひらでそうっとビショップの頭を撫《な》でる。すべすべとした短い毛皮は相変わらずの触り心地だった。瞳を閉じて無視していたくせに、立ちあがると、もう行くのか、というように、うぉん、とちいさく鳴く。わたしは微笑んで、もう一度ビショップの頭をていねいに撫でた。

くしゃん、とくしゃみが出た。

うちに入るとわたしは、しらず母の荷物が乱れている二階の端の部屋に向かった。ほんの時折、もどってきては祖父と口論し、また何処とも知らず出ていく、あのひと。いんらんの母はいつも荷物をこの部屋に散らかしていた。安い化粧品の数々は、使い切る前にべつのものを買ってしまうらしく、三分の二ほどの液体をどろどろ残したまま畳の上に散らばっている。奇妙に流行おくれの服がたくさん、梁《はり》から吊《つ》りさげられて死んだ人の群れのようにつらなり、風もないのにいつもちいさく揺れている。読むつもりで買ったらしき、難しげな本。女子学生のころに着ていたかび臭い制服。古びた手紙の束。むかしは教師だったらしき生真面目な川村優奈の面影はもうここにはない。あるのは中途半端な、若い日の残骸《ざんがい》だけだ。

ここはわたしの聖域。

いんらんの母とわたしの部屋。

奥に行くほど時間をさかのぼるはずの地層を、留守の母に代わってわたしがときおりひっくりかえしているため、最近ではあちこちで奇怪な地殻変動がおきている。階下から、祖父がことことと魚を煮付ける匂いと、菜を刻む音が聞こえてくる。わたしは母の不気味な残骸に首まで埋もれる。それはかび臭く甘ったるく息もできぬほどに不愉快な経験である。しかしやめられないのだ。ひっくり返し、投げ、埋もれ、やがて母の青春期の地層を発見する。わたしはちいさな机の引き出しをみつけ、やはりここだ、と嘆息する。

古びたブロマイドが幾枚もこぼれでてくる。小首をかしげて微笑むポニーテールの少女。濃いアイラインに、ピンクの唇。

乃木坂れなのブロマイド。

何枚も何枚も出てくる。わたしは母がかつて、このアイドルのファンであったことを知っている。大昔の美少女で、たいそう人気のあった人だ。しかしアイドルとしては短命で、その後、女優やらおもしろおかしいタレントなどにもならなかった。いまはどこでどうしているのだろうか。かつて母はこの人のファンだったのだが、もうずっと長い間、この人のことを忘れているのかもしれない。

そのせかいの外に出れば、美しさも短命となるのか。はかないものたちよ。嗚呼《ああ》。わたしがおセンチなため息をまたついたとき、階下から祖父が呼ぶ声がした。

「ご飯だよ、七竈。降りてきなさい」

ひそやかな、老人の声。わたしは立ちあがりばたばたと母の部屋を出た。古いブロマイドを畳の上に、散った花びらのようにばらまいたまま。心臓がどきどきとしていた。

歌って踊ってカレールーの箱を持って微笑むのは、まっぴらごめんであるが、しかしそれは母の憧《あこが》れた人がしていたことなのだ。けして娘のもとに帰ってこぬ、あの母が。

階下に走り降りると、祖父がかび臭く甘ったるい、わたしのからだについた過去の匂いに気づいたかのように、台所で振りむいて、しわだらけの片手で空気をあおぐようにした。かすかに眉をひそめている。それから小声で、

「今日はこなかったねぇ」

「雪風ですか。そうですね」

「明日はくるかね」

「くるでしょう。雪風ですから」

ふうっと、わたしは居間のほうを振りむく。くろぐろとした鉄道模型が、ぐるりと居間を覆いつくしている。線路がのび、高架線も増え、ますますおおきくなる、川村七竈の鉄道模型《ワールド》。誰もいないいまも、見えない力によってどんどん増設されもはや居間からあふれださんばかりの、くろい、くろい呪縛《じゅばく》。

わたしは目を閉じる。

料理が並べられていく。

雪風が川村家に飛びこんできたのは、その同じ夜のことだった。日が暮れてからまた降り始めた雪の中、青白いかんばせを震わせながら我が家の玄関に立ち、

「七竈」

と、一言つぶやいたきり、絶句した。いつも落ちつき、それなのに少し怒っているという桂雪風の風情に慣れていたので、わたしは少しばかり驚いた。暖かい玄関のうちに彼を入れて、問うた。

「どうしたのです、雪風」

「夢実がいない」

「末の子が！」

わたしは叫んだ。齢《よわい》、七つ。桂夢実は六人兄弟の長男である雪風にとって、もっともちいさな末の妹であった。早くも異形のかんばせに変わりつつあるが、まだまだ無邪気なこどものはずである。わたしの異母妹に当たるかも知れぬ、ちいさな、白い実のようなあのこども。

「いないとは、どういうことなのです。嗚呼。……おじいちゃん！」

わたしの声に、祖父も奥から出てきて雪風にどうしたのかと聞いた。

「夕方から姿が見えなくて。かあさんに怒られて、うちを出たらしい。でもこの吹雪だから、心配で。帰れなくなってしまったのかも」

「警察は？」

「届けた。夕方からずっと捜してる。見なかったか。ちいさな夢実を」

「見たら覚えています。今日は見ていません。どこを捜せば」

「わからない。とにかく、町中を」

雪風はうつむいた。唇をつよく嚙《か》んで玄関のつめたいタイルを見下ろしている。

「こんなときに限って、とうさんがいない。あいつはかんじんなときにはいつもいない。いないんだ」

走りだした。

祖父がうちで電話番をし、わたしはまどろんでいたビショップを起こして、夜の旭川を走りだした。

父は顔を見合わせた。

それから雪風はまた、つめたい風のように走り去っていったので、残されたわたしと祖父は顔を見合わせた。

「雪風……」


夢実は旭川の駅前の、寂れたゲームセンターの奥にいた。夜になるとつぎつぎ店が閉まり、暗くなっていくこの界隈《かいわい》で数少ない、灯《あか》りのついた場所だった。

ビショップが低く鳴くので店内を覗くと、隅のベンチの下に夢実らしきこどもがもぐっていた。ビショップを連れてがらがらの肌寒い店内に入ると、夢実は顔を上げて、わたしより先に犬の鼻先をみつけ、

「あっ、ビショップ」

楽しそうにつぶやいた。

すぐ裏手にある警察署まで、むずがる夢実の手を引いて連れていった。駅前と同じく薄暗い、しんとタイルの冷えた警察署のロビーに、雪風の母と、痩せて背の高い男が立っていた。初めわたしは雪風の父かと思ったが、様子がちがった。

あぁ、これはいつかバスの中で再会した、小学校のときの先生だ、と思いだした。瞳を細めて考え、そうだ、名前は田中先生ではないか、しかしなぜここにいるのだろう、と思

ったとき、雪風の母がいつものおおきな声で、田中先生に言った。

「にいさんがいてくれてよかったけど、うちの人はやっぱり、今日もいなくて。ばかなのよ。ほんとうにばか。あの人は」

「おちつきなさい、多岐。それよりもいまは、夢実を……」

言いかけた田中先生が、近づいてきたわたしに気づいて唇を開いた。それからわたしと夢実とビショップを見比べ、驚愕《きょうがく》の顔をした。

「おばさん！」

声をかけると、雪風の母は振りむいた。まっすぐに夢実をみつけてあぁっと叫び、「ばかっ」と叫びながら駆け寄ってきた。ぎゅうぎゅうと抱きしめて、「どこにいたの、ばか」とまた言う。

「ゲームセンターの中でみつけました。疲れてるようなので」

わたしはぼそぼそと言った。ばか、と言ったきり夢実を抱きしめて動かないそのいかにも母親らしい様子に、胸が息苦しくなる。田中先生が朴訥《ぼくとつ》としたその声で、しかしなぜかおそれるように震えながら、

「君はたしか、川村……」

「七竈です、先生」

「そうでしたね。川村、七竈。川村先生の」

「母のことでしょうか」

「ええ。むかし、一緒に教鞭《きょうべん》をとっていたことが。ええ、ずいぶん昔ですが」

なぜだかおそろしそうに声を震わせながら、そうこたえる。

「先生はどうして？」

「いや、これが、わたしの妹なのですよ」

田中先生が、雪風の母を指さして言う。わたしはああっ、とつぶやく。せまいせまいせかい。ちいさな町。人と人の距離のあまりの短さ、かかわりごとの多さにおもわず息をのみ、絶句する。

制服姿の警察官が数人、どこからか、まるで暗闇から溶けでたかのように出没して、

「みつかったのか、よかった」

「事件ではなくてよかった」

とつぶやいた。

田中先生はまだ震えている。

わたしの顔を、忌むべきもののように、伏し目がちにみつめている。わたしはまだ、せかいのせまさに気を取られ、愕然《がくぜん》としている。

警察官の一人が、夢実とわたしを見比べてにこにこする。しゃがみ、夢実の顔を覗きこんであやすように言う。

「おじょうちゃん、よかったねぇ。おねえちゃんにみつけてもらったの」

心が凍りつく。

自動ドアがゆっくりと開く気配がする。背後から軽い足音が近づいてくる。雪風の足音は、振りむかなくともわかる。

くるな、雪風。

くるな。くるな。くるな。

ほかの警察官もわたしと夢実を見比べて、うなずきあう。

「本当だ。そっくりだ。おねえちゃんとそっくりなんだねぇ、夢実ちゃん」

夢実は母に抱きしめられたままで、きょとんとしている。雪風たちの母がどんな顔をしているのかは、さいわいにして、わたしからは見えぬ。ただ幼い娘を抱きしめる手が、熱い湯をかけられたようにかあっと赤く染まる。田中先生がぶるぶると震えだす。一歩さがる。寒くてたまらぬというように。こわくておられぬというように。

警察官がつぶやく。

「おや、おにいちゃんもきたよ」

背後で雪風の足音が止まる。

警察署の外で強い風が吹く音がする。街路樹の真っ赤な七竈の実に積もった、白い重たい雪が、いっせいに路上に落ちてびちゃり、べちゃりと音を立てる。

瞳を閉じる。

脳裏で、七竈の実と積もった雪の、鮮やかな赤と滲《にじ》む白がゆっくり離れていく情景が繰りかえされる。

いくつも。いくつも。びちゃり、べちゃりと音を立てて。

この町には、おれぬ。おれぬ。

長くは、おれぬ。

雪風の母がちいさく、誰にともなくつぶやいた。

「……ばか」

それに返事するように、ビショップが鳴いてみせる。

「うぉん？」


その翌日、火曜日もまた、土気色のかんばせをした梅木が、放課後にわたしを待ち伏せしていた。男子生徒たちが遠巻きにみつめる中を、うつむいてゆっくりと歩いて校舎を出ると、あのハイセンスなサングラス越しに梅木と目が合ったのがわかった。電気が走るようにビシリと合ったのだ。わたしは眉をひそめ、彼女の前を通り過ぎようとした。

「川村さん、ははは」

梅木が大股でついてくる。パンツスーツの黒い裾《すそ》を揺らして、ピンヒールを鳴らして。逃れようと歩くと、追い越される。わたしはますます眉をひそめ、梅木をちらりと見上げた。

満足そうにうなずいて、梅木が言った。

「昨日よりも孤独そうだね。なにがあった？」

「なにも。なにもありません」

「あからさまにしょげている。ははは、こどもだな」

「もう、こどもでは」

「憂いを増して、さらによき顔となった。美しいうちにこちらにきてくれないか」

せかいの外からきた梅木の言葉は、まるで不気味な呪文のようだ。その、わたしには覚えきれぬ部署名のように。昨日と同じ喫茶店にわたしを誘うと、梅木はまたアイスコーヒーを注文した。カラン、コロン、とドアの鈴がさびしげに鳴っている。わたしはホットココアを注文する。温かな液体がテーブルにやってくると、ぶるぶると震えながら飲みくだす。

「呪われてる人のことは、よくわかっている」

梅木がわけのわからないことを言う。

「見ればわかる」

「なんのことでしょうか」

「わたしと相棒は、三年かけてここまできたんだ。わたしには持論があってね。美少女というものは存在する。この世のどこかに。しかしどこにもいないのかもしれない。それは実体のあるまぼろしなんだ。すべての人が望む、見るだけで幸福になったり不幸になったりする、呪いのかんばせ」

「あなたになにが」

「わかるとも。わたしはプロなのでね。しかし、ちょっとやそっとの美ではは話にならない。友人どうしや親戚《しんせき》などできまぐれに誉めそやされる程度の美貌《びぼう》など、なんになるものか。わたしたちが探していたのは本物のかんばせ。しかしそれを言葉で表すとどうしても抽象的になり、我が部署の……」

梅木はまた、呪文のような部署名を口にした。長い足を組み、真っ赤なルージュが塗りこめられたひび割れた唇に細い煙草をくわえてみせる。ハイセンスなサングラス越しに、じっとわたしをみつめている。価値を測るように。

「会議を通過することができない。だからわたしはその美しさの基準値を会議に提出したんだ。わたしはプロだからね。すなわち、本物のかんばせは都会にはない。都会にあるのは化粧にたけ、衣をまとって美女を演じる、ごくふつうの女たちだ。それが悪いとはいわない。だがわたしたちにとっての価値はない。本物は地方都市にこそある。埋もれているんだ。埋もれきらず悪目立ちしくるしい思いをしている。それこそが、歌って踊ってカレールーの箱片手に微笑むことのできる選ばれた顔だ」

「そんなこと、誰も、したくは」

「ははは。ともかく、わたしは基準値を提出した。すなわち本物のかんばせがあるのは地方の公立高校の隅である、と。美少女というものは噂になりやすい。しかしその学校の中でのみ名をはせている程度ではだめだ。まったくだめだ。本物は、十校を超える学校で名を知られている。また、世代のちがうものたちにも知られている。それでこそ、呪い」

梅木は煙草を灰皿におしつけて消した。

「それでこそ、呪い」

もう一度繰りかえす。

「なんのことを」

「いいか。わたしと相棒は三年かけて、南からずっと、北上した。沖縄はもうだめだった。あらかた刈りつくされていた。四国も。九州は惜しかった。もうちょっとという子が数人いた。本州は不作だった。少しずつ北上して、ついにここにきた。旭川だ。わたしたちは道内の十校以上の高校にて、川村七竈の噂を聞いた。とにかく美しい、と。中学も回った。中坊でさえ七竈を知っていた。ははは。それから商店街や畑を回った。じいさん、ばあさんも知っていた。それでわたしたちはあんたに会いに行った。みつけた。いいか、そこまでしてみつけたんだ」

わたしはホットココアを飲み干した。立ちあがって出ていこうとすると、昨日と同じように梅木に手首をつかまれた。女どうしとは思えぬ強い力に、わたしはまた戸惑った。

「離して」

「いやだ」

「あなたになにがわかるのです。なにが」

「わかるとも。そのかんばせで、奇妙な出自を隠せぬそのかんばせで、こんなちいさな町で生きていくことのこわさが。わかるとも。わかるとも」

「証明してください。これは誰にもわからないはず。雪風にしか、雪風にしかわからぬ。雪風にあいたい」

「わかるとも」

梅木はぱっとわたしの手を離した。

それからそうっと、自分の土気色のかんばせに手をやった。ざくろのような赤いマニキュアを塗ったつめが、きらめいた。ハイセンスなサングラスをゆっくりと外すと、ずっと隠していた梅木のおそろしいかんばせがあらわになった。

乃木坂れなでであった。

まぎれもなく呪われた、あの美しかった、母が憧れていた、ポニーテールのアイドルであったかんばせ。

それは月日と、都会の喧騒《けんそう》と、人生への諦念と。さまざまなものに汚されて見るかげもない荒野であった。荒れ果てた地。乾き、色を変え、ひび割れた、かつての緑の大地。乳と蜜《みつ》あふれていた場所。

わたしはああっと叫んだきり、言葉もなく立ちつくした。

かつて乃木坂れなでであった中年の女、梅木は微笑んだ。さざなみのようなこまかいしわが目尻《めじり》と、頬と、顎《あご》に容赦なくひろがった。

「わたしはプロなんだ」

「なぜ、いま……」

「それでこそ、呪い。呪われたものが見えるんだ。だって、かつてはわたしもそうだったんだからね」

「梅木さん……」

「わたしは本名を梅木美子《よしこ》という。東北の地を転々として育って、十六で東京に出た。アイドルのスカウトキャラバンでね。都会にまぎれて、あのかんばせは呪いではなくなった。そこでわたしはじっと、若くなくなるのを待っていた。自分が美しくなくなるのを」

わたしは一歩下がった。

「いまは裏方だ。まぁ、川村七竈が高校を卒業するまであと一年とちょっとある。そのあいだに考えるのだね。都会にまぎれて大人になるか。この町を選ぶか」

「しかし、ここには……」

「少年がいる、か。安心しなさい。少年というものは、思い出になるのだよ」

窓の外で強い風が吹き、ざざざっ……と音とともに、街路樹に積もった雪がいっせいに路上に落ちた。

わたしは喫茶店を飛びだした。またきますよ、と背後から梅木が声をかけてきた。カラン、コロン、と鈴が鳴る。バス停に走ると、やってきたバスに飛び乗った。

ゆらり、とバスが揺れた。わたしはおおきく息をすいこんだ。

川村家につき、ビショップの頭を撫で、縁側からうちに入った。薄暗くなった夕刻の空から牡丹雪が振り落ちている。居間にひろがる鉄道模型の真ん中に雪風が座っていた。少女の如きはかなげな、青白い横顔。わたしがそうっと、

「雪、風」

と名を呼ぶと、ゆっくりと顔を上げた。

「あぁ、七竈」

「どうしたのです」

「どうもしないよ」

雪風はゆっくりと微笑んだ。

輪郭が滲んでいる。むこうに広がる線路や高架線が透けて見えそうな風情である。はかない美。わたしは不安になり、鉄道模型をまたいで雪風に近づいた。

くろぐろとした呪縛の線路の内に立ち、ささやく。

「雪風」

「……七竈」

「雪風？」

「…………七、竈」

答える声もちいさく、細くなっていく。

わたしはしゃがみこみ、雪風の横顔に目を凝らす。嗚呼、雪風という少年はどんどん美しくなる。去年より美しい。一月《ひとつき》前より美しい。白い肌と切れ長の瞳。うつむいているだ

けで人の心を動かす様子だ。

「ただぼくは、このまま一緒にいられたらいいなぁと思っていたのだよ」

「わたしも。わたしもですよ。雪風」

「うん」

鉄道模型《ワールド》の内に座りこみ、わたしと雪風はうなずきあう。

廊下でりぃぃぃん、と電話が鳴り始める。祖父が台所から出ていく軽い足音がする。

少しの話し声のあと、ちんっ、と電話が切られる。

祖父が居間に顔を出して、ささやく。

「七竈。はとこの慶《けい》を覚えているかい」

「五つばかり年上の。ええ、ええ。覚えています」

「結婚するらしい。披露宴に出るのだよ。春になったらだが」

わたしはうなずく。

「どなたとなのです？」

「さぁ。たしか田中南《みなみ》さんと」

わたしのとなりで雪風が「南？」とちいさくつぶやく。

「知り合いなのですか、雪風」

「ぼくのいとこだ。母方の。母の兄の子だね。母には兄が二人いて、一人が、長男で南の父。消防署に勤めてる。下の兄が、昨日駆けつけてくれた小学校の先生だ」

「それでは……」

「ぼくも出るのかな。その披露宴に」

わたしは黙って、うなずいた。

ぎゅぅぅぅん、と奇妙な音を立てて、せかいがまた、ちぢまる。

鉄道模型に手をのばす。そうっと動かし始める。鈍い色に輝いて、キハ八兆Mがゆっくり動きだす。

そのレイアウトの規模はいまや十メートル×七メートル。本線はなんと十三系統。地下鉄、複々線、高架線、宇宙基地までを配置した、呪われし川村七竈の鉄道模型《ワールド》。音を立ててあぁっというまにせまくなるせかいの真ん中で、わたしと雪風は黙りこみ、ただ、回りつづける銀色のキハ八兆Mだけをみつめている。

がたたん、と、雪風がつぶやく。

ごととん、と、わたしはこたえる。

五話　機関銃のように黒々と

望遠レンズつきの写真機というものはまるで、機関銃のように黒々と張りでているのだなぁと思いながら、ぼくは写真機をかまえる。標的の新郎新婦はもうすぐ幸せの扉から登場するはずだ。その瞬間にシャッターを押さなくてはならないのだ。撮影など慣れないから、うまくやれるかじつは心もとないぼくだ。

男子高校生にはどうしたって似合わない黒いスーツを着せられて、白くて光沢のあるネクタイを締めさせられ、さっきからぼくはもう窒息寸前だ。きらびやかな披露宴会場の丸テーブルのあいだの通路に立って、黒々とした写真機をかまえて待っているぼくのスーツの裾《すそ》を、誰かがぐいいっと引っぱった。ぼくは写真機から目をはなさず、声だけ優しく、聞く。

「なんだよ、七竈」

「重たくはないですか、――雪風」

ぼくは片頰で笑う。ちらり、と横目で、丸テーブルの席に着いた川村七竈を見下ろす。やわらかく顔がほころぶのが、自分でもわかる。

心配そうに眉《まゆ》をひそめて、七竈がぼくを見上げている。白いシンプルなワンピースに、背中に垂らした黒い髪。唇だけ燃えるように赤く、半開きになって熱い息が漏れているのがわかる。

「重たくはないよ、七竈」

ぼくはこたえる。

「そんなことより、望遠レンズをつけて張りだすと、これってまるで機関銃のように見えないか」

七竈がほっこりと微笑む。たたんだまま、足元においていた三脚を持ちあげると、ぼくのとなりに立ち、腰の横に三脚をかまえてみせる。

「ずだだだだ！」

「そう。三脚もそういう感じだね」

「ずだだだだ！」

「どきゅうん、どきゅうん」

「あははは、雪風、おもしろいです。おもしろい」

青白いがつややかな額と額をぶつけあい、ふたりでくすくすと笑う。さざなみのようなざわめきが続く披露宴会場で、ぼくたちはふたりだけ、ふざけている。

やがて司会者がマイク越しに、「新郎新婦がいよいよ、幸せの扉から入場いたします」と大仰にさけんだ。ぼくは写真機をかまえなおす。七竈はおとなしく席にすわる。

望遠レンズ越しに、幸せの扉呼ばわりされる不幸な非常口が観音開きに開いた。拡大された風景の中に、白無垢《しろむく》でうつむく新婦と、袴《はかま》姿で照れたように微笑む新郎が現れる。ぼくは照準をあわせて、カシャリとシャッターを押す。ストロボが光り、どきゅううん、と鈍い音のあと、足元にかららんと、空想上の機関銃の、空想上の薬きょうが落ちる。音楽が高まる。スポットライトがふたりを照らす。拍手と歓声、幸せにね、とどちらかの友達が叫ぶ声。そのまま、通路を歩いてくるふたりをカシャカシャと撮りつづける。それから辺りを見回して拍手する親戚《しんせき》一同を撮る。鳴りやまぬ音楽。拍手と歓声。正気を失わせそうな激しすぎるスポットライト。ぼくはふっと、もしもこの写真機がほんとうに機関銃だったらどうなるだろう、と想像する。いまのでみんな死んでしまったはずだし、そうしたら、血の海に立ちつくすぼくはまるで狂った銀行強盗みたいに見えることだろう。そして、生きているのは写真機をかまえたぼくと、三脚をかかえた七竈だけ。古いアメリカン・ニューシネマに登場する銀行強盗みたいに、ぼくたちは満足そうにみつめあうとだろう。足元には薬きょうの山。大人たちはみんな死体だ。もうなにも言わない。すべて滅びて、ぼくと川村七竈だけが残る。

そう、ぼくたちだけが。

始まりは、冬のことだった。

いつものように川村家で鉄道模型をいじっているときにかかってきた、一本の電話だった。

川村七竈のはとこ、川村慶が春に結婚するという。新婦の名は田中南であるという。南はぼくのいとこであった。せまい町のことだ。誰かと誰かが出会う場所もだいたい決まっていて、たがいの親戚が結婚しても不思議はないのだ。ぼくたちはふたりとも披露宴に出ることになった。親戚の席にすわり、ふたりを祝福するのだ。

ぼくたちは、そういう場所で並びたくなかった。

顔を見比べられたく、なかった。

放課後、ふたりで出歩くときはよくサングラスをかけた。高校二年のその一年間でどんどんぼくと七竈は似てきたので、学校の中でも、似ている、と噂になり始めていた。しかしそれは、幼馴染《おさななじみ》であり、仲がよいと似てくるものだ、という程度のものだった。ふたりをもともと知っていれば、あってもそれぐらいの反応なのだ。

しかし、初めてふたりを見比べられるのは、こまる。

親戚の集まる場所で。

ぼくはこの日を忌みきらい、どうしても出ないと言いはった。でも、ぼくにはこの世に一人、逆らえぬ大人がいた。

その名を桂多岐という。母だ。

「写真係をやりなさい。親戚の思い出をきれいに撮るのよ。アルバムに使うのだから」

母は親戚づきあいを重んじるたちだ。ぼくは、母が職場のアルバイトの大学生から借りてきた望遠レンズつきの高級な写真機を手に、こうして当日、シャッターを切ることになったのだ。

もうどうにでもなれ、とうそぶきながら。

披露宴はつつがなく進んでいた。春の陽気もあたたかで、招待客はおだやかに談笑している。中央の席についた新郎新婦を、司会者が紹介している。

「新郎、川村慶さんは昭和五十六年に旭川で生まれました。おとうさまは……」

ぼくは写真機をこわきにかかえて自分の席にもどる。新婦側の親戚の丸テーブルに。

ちらりと、新郎の父と、新郎側の席に座る面々に視線を走らせる。

温厚そうな壮年の夫婦が座っている。その丸テーブルに親戚がついている。どの顔も薄ぼんやりと夜に滲《にじ》んだような、感じがいいがとくに際立った特徴のない、平凡な様子だ。血のつながりを濃厚に感じさせる、そろってぼんやりとしたかんばせ。七竈の祖父もまた、同じ顔をして、にこやかに談笑している。そのとなりに七竈がうつむいている。ひとりだけ、鮮やかな墨を落としたような際立った美しさで、じっと顔をうつむけている。

ウェイターが運んできた宝石のようにきらめく前菜を、おおきな瞳《ひとみ》でじっと覗《のぞ》きこんでいるようだ。ふと小首をかしげ、黒髪がさらさらと揺れる。七竈のとなりに、これまた親戚一同とよく似た、凡庸な顔をした中年の女が座っている。

七竈の母。

川村優奈が。

のばした黒髪は娘のものとよく似たゆらぎで背中に垂れおちている。おなじ方向に小首をかしげているのはなるほど、血のつながりを感じさせる奇妙な一致だが、それゆえにかんばせのちがいがあまりにもはっきりとわかる。なんと特徴のない、平凡な顔だろう。赤いグロスをてからせた唇だけが獰猛《どうもう》にひらかれて、不気味に感じる。娘になにか話しかけている。七竈はうれしそうになにか答える。

「そして新婦の田中南さんは、昭和五十六年にやはり旭川でお生まれになりました。おとうさまは……」

司会者の紹介がようやく新婦側にうつり、ぼくは視線を自分のいるエリアにふっともどした。こちらは少し彫りの深い顔立ちがそろっている。新婦の父母、ぼくの母、そして祖父たち。父だけが血のつながりがないためにべつの顔をしている。

その顔をしているものは、四人。

父と、ぼくと、夢実。そして遠くの席の七竈。

さっきから父も母もうつむいて、けしてその席を見ようとしない。ぼくは気づいている。

ふたりは、川村優奈を見ようとしない。

司会者の紹介はつづいている。

「お二人の出会いは、昨年の春のことでした。慶さんが仕事のために訪れたのが、南さんの勤める……」

幸せの扉からやってきた新郎新婦の紹介は、まだまだ終わらない。

この春にいちど、七竈と映画を観にいった。

旭川の公園に近いところにある、さびれた映画館だ。必ずくるのは、ハリウッド製の王道の映画。それと大作だがどことなく微妙な印象の日本映画を二本立てにしてかけるのが、旭川の映画館だ。そして夜だけ、古い名画をかける。

ぼくと七竈は手をつなぎ、ようやく暖かくなってきた旭川の夜の道を、街路樹の七竈が茂る中、映画館にむかった。スクリーンで、古い名画を観るために。

狂ったようにひまわりの咲く、かなしいイタリア映画だった。さめざめと七竈が泣くのでぼくは困りきり、ぼくたち以外にほとんど客のいないレイトショーが終わって、少しずつランプや、自動販売機の電源や、空調が消えていく館内のベンチで、ハンカチを差しだしたままぼうっと立っていた。

「……かけてよかった」

ゆらり、と亡霊が揺れるように、どこからか黒い影が現れた。奥の映写室からだったのだろうか。ぼくには闇から出てきたように見えた。

若い男だった。二十代半ばぐらいか。おしゃれで垢《あか》抜けた様子だった。黒い服にブーツといったいでたちだったが、どれもが旭川では売っていない、やけにしゃれたものに見えた。

泣いている七竈を見下ろして、男はうなずいた。

「かけてよかった。観て、泣いてくれる人がいるとはね」

売店から出してきたいちごのクッキーを七竈にわたす。七竈は泣きながらもクッキーを食べた。

男は、映画館のオーナーだった。父親のあとを継いだのだという。

「東京で芸大に通っていたけれど、向こうで就職せずに、帰ってきたんだ。こっちに親がいるからね」

「あぁ」

「ほんとうは向こうで、ものをつくる仕事をしたかったんだよ。映画の製作現場にいたかった。でも」

うすぐらい映画館の廊下で、男は青白い顔をゆがめた。軽く笑ったらしかった。

「いい映画だったろう」

「ええ、まぁ」

「ぜんぜん客は入らないけどね。レイトショーのほうはいつも赤字だ」

「じゃあ、どうしてかけるんですか？」

「これは、ぼくの魂を救う赤字なんだよ」

男はこんどははっきりと笑った。七竈が泣きやみ、立ちあがった。ぼくたちはまた手をつないで、映画館を出た。男が背後から「来月はロシアの映画をかけるよ。ロシアのＳＦ

映画を。またきておくれよ」とつぶやいたのが聞こえた。

帰り道、ぼくたちはぎゅっと手をつないで歩いた。

そこで七竈と初めて、進学の話をした。ぼくには兄弟が多く、また成績もそうよくはなかった。北海道大学に入れれば、学費免除の道を探してなんとか通いたいところだが、国立に進めるかどうかは心もとない成績だった。就職するなら、地方公務員の道があった。公務員試験のあと、親戚のつてでよいところに入れてもらう、ということだ。市役所か商工会議所、それにJAでも求人は少しあった。

どちらにしろ、ぼくはおそらく、生涯この北海道から出ることはないと思われた。小旅行などはべつだが、必ずここに帰ってくる。ここで生まれてここで死ぬのだ。ぼくは七竈もそうであってほしいと考えていた。ぼくという男に似合いの、平凡な女でいてほしかった。

しかし、緑生い茂る、自分と同じ名の街路樹の下を抜けてうちへの道を歩きながら、七竈はきりりと横顔を引きしめ、「わたしは、東京の大学に進学しようと思っているのです」と言った。

ぼくは思わず七竈の手を振りはらった。それから振りあげた手のひらで思い切り七竈の顔を叩《たた》いてしまった。七竈は驚いたように瞳を見開いてぼくを見上げていた。怒りにふるえるこの顔を。

「いたい」

と、七竈がつぶやいた。そして、さきに目をそらした。

「でも、いられないのです。そんな気が」

「……いられない?」

「ええ」

それきり進学の話はしていない。

高校三年の春の始まり、ぼくたちはそんな夜を過ごした。


披露宴では、新郎の職場の上司らしき人が祝辞を述べている。ずいぶんと長いのでみんな退屈そうにし始めている。つぎつぎときらめく料理が運ばれてきて、やがてメインの肉料理がいい匂いをさせてやってくる。

ぼくのとなりで夢実が「これ、なぁに?」とつぶやく。

「これか? メニューを見ろよ」

「読めないー」

「しょうがないな。どれどれ……。牛フィレ肉だよ。牛さんのおいしいところのお肉だ」

「わぁい!」

夢実が無邪気極まりなく、肉にかかった茶色いソースをぼたぼたとこぼしながら口に運びはじめる。ナプキンで口の周りを拭《ふ》いてやる。

新婦の友人が祝辞を述べはじめる。学生時代の思い出や、新婦のちょっとおちゃめな話などをおもしろおかしく話している。なかなか話し上手なので、みんなちゃんと聞いているようだ。

ぼくはふと、また新婦側の親戚に目をむける。川村優奈が顔をあげ、どこかをみつめている。小首をかしげ、黒い髪をテーブルにたらして。暗い瞳には驚くほどの影があり、眉《み》間《けん》に浮かぶ亡霊のような強い険は、若い顔にはない、不気味な迫力があった。

その視線を追う。

こちら側、新郎側の親戚に、男が座っていた。

眼鏡をかけ、朴訥《ぼくとつ》とした様子だ。母の兄の一人で、小学校の教師をしているという伯父《おじ》だ。どうもつかみどころがない性格で、あまり話したことはない。伯父は、その同僚の教師だったという妻と二人ならんでいる。

川村優奈の視線は、暗い。

激しい険がある。やはり。

伯父は気づいているのだろうか。この視線に。伯父はずっとうつむき加減で、けして視線を上げようとしない。七竈のいんらんの母からこれだけみつめられているというのに。

伯父は顔を上げない。

少し顔色が悪い、とぼくは気づく。そういえば最近ずっとこうだ。うつむき加減で、けして顔を上げず、伯父は目の前の、牛フィレ肉のお皿を食べもせずにただみつめるばかりだ。

ぼくは写真機をかまえた。照準をあわせ、なぜかそうせずにはいられなくて川村優奈の暗い、よどんだ沼のような顔を撮った。その瞬間ぼくの手のなかで写真機はふたたび空想上の機関銃となり迷うことなく川村優奈の眉間を撃ちぬいた。

どきゅううん！

写真機を下ろす。

同時に川村優奈ががくりと首をねじまげてうつむいたので、ぼくはほんとうにあの中年女を撃ち殺してしまったかのように感じ、どきりと心臓を鳴らした。川村優奈はふたたび顔を上げて伯父をみつめると、ふっと視線をそらした。瞳が虚空をおよぎ、すこし潤んだ。七竈が母になにかささやいた。優奈は心ここにあらずのまますなずいた。ぼくのとなりで夢実が「こぼした」とつぶやいた。ぼくはあわててナプキンを手に、夢実に向き直った。

小さな夢実は、黒目がちの瞳を見開いて、ぼくを見上げている。長い黒髪を背中に垂らして、白いシンプルなワンピースを着ている。靴だけ赤だ。それはじつのところ、今日の七竈のファッションとよく似ていて、そのせいで二人のかんばせの似ていることがあらわになってしまっていた。幾人かはこの奇妙な一致に気づいているのではないか、とぼくはおそろしくなる。

この年のころの七竈をぼくはよく覚えているが、しかし最近の夢実を見ていると、上書きされて自動保存されていくように、夢実と重なってしまう。二人はよく似ている。いつだったか警察署で警官たちに、姉妹とまちがえられたように。

すべてあの、いんらんの母のせいなのだ。

新郎新婦がお色直しに立ちあがる。盛大な拍手と、音楽。スポットライト。ぼくはまた写真機をかまえ、歩きだす新郎新婦を、幸せの扉ごとカシャカシャと写しつづける。ライトとストロボと司会者のマイク越しにひびくおおきな声に、ぼくはトリップする。幼いころのきらめいていた時間を思いだす。時はおそろしい勢いで過ぎていきすべてはまるで下に下に流れ落ちる水のようだ。時の川の上流にぼくは目をこらす。七竈が微笑んでいる。いまの夢実にそっくりな、ぼくの川村七竈が。


初めて七竈に逢《あ》ったのは、幼稚園のときだった。もちろんぼくはそのときのことを覚えていない。ただ気づいたら母親どうしが友人であり、旭川の駅前にある細長い遊歩道のような公園で、ぼくたちを遊ばせておいてあれこれとおしゃべりをしていた。遠くのベンチに座る女ふたりを、手をつないだこどもふたりがみつめている。それが七竈にかんする最初の記憶だ。


「なにを話してるんだろう」

と、七竈が言った。

「きっとつまらないことだ」

とぼくはこたえた。七竈は笑った。そのころからぼくはちいさな皮肉屋で、それらしいことをつぶやくたびに七竈はいつもだまって微笑んだ。女ふたりはあきることなく話していたが、ときおり、ぼくの母が抱いている赤子が泣いたり、むずかったりするたびに会話を中断した。

あの赤子はつぎの弟だろうか。それともまたつぎの弟だろうか。もうそこまで覚えていない。

七竈がちいさく、

「弟がいて、いいなぁ」

そうつぶやいたのは記憶にあるが、ぼくがなんと答えたのかはわからない。ただぼんやりと、ベンチに座る女たちを見ていたことだけは、脳裏にいまも蘇《よみがえ》る。

手を繋《つな》いで、ぼくたちは公園を走り、木に登ったり、落ちてきた片方にもう片方がつぶされたりしていた。噴水で手を洗い、ずぶぬれになったりもした。木々の葉は生い茂り、あたたかな風に揺れていた。ということはあれは春の出来事だ。いまと同じ季節だ。

少しずつぼくたちは大きくなり、川村優奈の不在が増えた。ぼくはあの女がどうにも苦手だったので、不在の時期だけ、川村家によく遊びにいった。川村家はおおきくて古い一軒家で、物静かな老人がひとりで七竈を育てていた。玄関先に古びた七竈の木が一本あった。ぼくのうちは毎年のようにぽこぽこと弟妹が増えてかしましく、またぼくに割りふれる家事なるものも増えていったので、母の目を盗んでは外に出た。川村家に行くというと母は怒らなかった。しかし夕食の時間ぎりぎりになってせまい公団住宅の我が家に帰ると、台所でぼくに背をむけたまま、よく問うた。

「優奈はいた？」

たいがいの場合、いなかった、とこたえた。ごくまれにふらりとあの女がもどっていることがあった。ぼくはだまってため息をついた。すると母も同時に、ちいさなため息をついた。

父はいつもぼくたちに背を向けて、テレビを見ていた。曲がった背中に、無精ひげののびる横顔。夢実を膝《ひざ》にのせてじっとしていた。

優奈はいた？　優奈はいた？

聞かれるたびに思ったものだ。母は、あの女に家にいてほしいのだろうか。それともどこかにいなくなってほしいのだろうか。ひっきりなしにふらふらとどこかに行くあの女を、うらやんでいるようにも、軽蔑《けいべつ》しているようにも、理解できないようにも見えた。

優奈はいた？　いたの？

いなかった。いなかった。

どちらの言葉も、どちらもが、幾度口にしたかわからない。

やがてぼくたちが中学校に上がるころになると、川村優奈は本格的にいなくなった。

そのころから、ぼくと七竈のかんばせは、似始めた。

幼いころはそうでもなかった気がする。いやこどもの顔など似たようなものだから、誰も気に留めなかっただけなのか。七竈に父はいなく、七竈は母親似ではなかった。ぼくは川村家に通いつづけた。ある日、七竈が鉄道模型をつくりはじめた。

ぼくもそれに興味を持った。たちまちのめりこんだ。

がたたん、ごととん、と、模型は黒々とした線路を川村家の居間にひろげはじめ、ぼくと七竈はそのせかいのこちら側と向かい側でみつめあったまま、その後の数年間をすごした。ただ、ただ、すごした。

気づけばぼくたちはおとなといってもよい体軀《たいく》となり、弟妹たちも育ってきていた。いとこと、はとこが、こうして夫婦となり、親戚関係となった。七竈は進学で北海道を離れるかもしれぬという。ぼくは離れられないと思う。

時の川は堰《せ》きとめられて、そしてあふれる。

お色直しをすませた新郎新婦がまた幸せの扉呼ばわりされる非常口からもどってくるというので、ぼくは母に目線で指示され、しかたなく立ちあがった。写真機をかまえてレンズを非常口にむける。

親戚連中も新郎新婦の友人たちも、相変わらず楽しげに談笑している。ぼくは辺りにレンズをむけてカシャカシャとまた撮る。

カシャ！

と、ひとり。新婦の友人。化粧が濃すぎる。

どきゅううん！

と、ひとり。新郎の友人。赤ら顔でもう酔っている。

カシャ！

カシャ！　カシャ！　カシャ！　カシャ！

どきゅううん！

親戚も、父も母も、新婦側の親戚も。ぼくが写真機をむけるとみな微笑む。やがて非常口が開いて、ドレス姿の新婦がピンクの花束を抱えて現れる。新郎も白いスーツに着替えさせられている。盛大な拍手と音楽。またもやのスポットライト。

ぼくは狙いをさだめて、まずは新婦を撮る。新郎も撮る。ふたりが通路を進んでくる。ぼくはなんどもシャッターを押し、フィルムの交換をし、また撮る。

ケーキカットが始まる。新郎新婦がふたりでケーキにナイフを入れる。そのケーキも撮る。

七竈が微笑んでぼくを見ている。楽しそうに、

「精が出ますねぇ、雪風」

「……じつはだんだん、これがほんとうに機関銃だという気がしてきたのだよ。望遠レンズはまるで銃身のようで、シャッターは引き金のようだ。なんだか楽しくなってきた」

「おや。物騒な」

七竈はまた、三脚を持ち上げると楽しそうに「ずだだだだだ！」とやってみせた。ぼくは笑って、なにか言いかえす。いつものように冷静に話しているのだが、自分ではなにを言っているのかもうよくわからない。

七竈がもしほんとうにいなくなったら。

北海道を出てどこかよその土地に行ってしまったら。

ぼくの存在も消えてしまうような気がする。

七竈がいたから、かろうじて輪郭をたもっていられた気がするのだ。

やがて時がたちかつてぼくがいたという記憶もただ七竈の心の中だけに残る。しかし現実の北海道にはぼくなど最初からいなかったような。

そんなふうにして、ぼくは消えてしまう気が。

あぁ、時間よ止まれ。

日々がただ美しいうちに。


新婦の友人が三人進み出て、マイクスタンドの前に立った。ぼくは写真機をかまえて、結婚披露宴にふさわしい歌をかわいらしく歌いだした女たちを、左から順にカシャカシャと撮った。

脳裏で、かわいらしい彼女たちが華やいだ声で歌う、披露宴らしい歌とはまったくちがう、かなしい歌が流れだした。ぼくはむりやり、ひとりだけそれを口ずさみ始めた。

さよならベイビー　懐かしい思い出よ
さよならベイビー　美しいあなたよ

　さよならベイビー　誇るべき昨日よ
　さよならベイビー　さよならベイビー

　もうすぐ、別れの時がくることをぼくはなんとなく知っている。つぎの春、進学の季節は、もうすぐそこだ。ぼくたちの道がかさなっているのは、そこまで。ぼくは、ぼくは、知っているのだ。

　空虚な気持ちに支配されて、センチメンタルになり、いっそこの季節に死ねたならとふと思う。しかし自分がこのまま生きつづけるであろうこともなんとなく予感している。彼女がいなくなった後もつづいていく、桂雪風の毎日。止まることのない時の流れ。

　ウェイターが各テーブルに、カットされたケーキを配り始めた。女たちの歌が終わった。そろそろお開きに近い時間なのだろう。ぼくはまたフィルムを替えた。写真機をかまえる。そろそろ惰性になってきた。空想上の引き金を引くことに躊躇《ちゅうちょ》も興奮もない。

「雪風、雪風」

　ぼくを呼ぶ優しい声がする。レンズ越しに彼女を見る。

　きれいな顔をかたむけて、七竈が微笑んでいる。自分を指さして、

「記念ですから、わたしのことも撮ってくださいな。雪風」

「きれいに？」

「いえ、ふつうに」

「ははは。ふつうに。わかったよ」

ぼくは笑う。自分でもなんて楽しそうな声だ、とおどろく。七竈がにっこりと微笑む。

ぼくは失いつつある片割れに照準をあわせた。

「ちーず！」

「はい」

どきゅううん！

と、ぼくは最後の引き金を引いた。

さよなら七竈。

六話　死んでもゆるせない

死んでもゆるせない、とその雌は言った。おれはすっかり老いていたので、うぉん、と短く返事をしながら、そういうものかなと不思議に思った。おれが警察署をお役御免になって川村家の番犬になってから、二度目の冬のことだった。最初の冬が明けたときにはおれはだいぶ弱り、死がすっかり気楽に、おれに近づいてきているのを察した。だからこそ、おれという犬にとって死はなんというかたゆたっていて、この世のなにをとっても、死んでもゆるせない、なぞということはないだろうよと思えたのだ。

このおれだって、いやだったやつの一人や二人、いやもっと、いた。生家にも意地の悪いこどもがいたし、警察署でだってそりゃあいろいろとあった。ゆるせないのは、生きてるあいだだけさ、とおれは思って、その意気消沈している可愛そうな雌の頬をべろっとなめた。雌はなんにも言わずにじいっとしていた。

その雌が、とある雄を死んでもゆるせない事情はというと、季節をすこしさかのぼる。一度目の冬がようやく終わった、ぽか、ぽかとあたたかい春の日のことだ。

冬のあいだにすっかり弱ったおれは、老いたからだを労《いた》わりながらも、毎日、外の道路から侵入者などやってこぬかいちおう、目を光らせてはいた。いもうと分のむくむくにうぉんうぉんと鳴いて指示をして、立派な犬小屋を、玄関に近い庭のはしっこに移動させた。むくむくはいつも青白いちいさな顔を真っ赤にして、重たい犬小屋を引っ張った。「うん、しょっ」と大げさな掛け声をかけるたびに犬小屋が、おれの前足のつめひとつ分ぐらいかすかに、動いた。なんと非力な雌だ、とあきれていると、むくむくの兄か弟らしき若い雄がやってきて、黙ってむくむくを手伝った。ふたりはなぜか一言も口を利かぬままだったが、それでもおどろくほど息があっていた。そういうわけでおれの立派な犬小屋は、玄関にほど近い、ぽかぽかと日射しもあたたかなよい場所に無事、移動したわけだ。

そこから見える景色は、四角かった。

犬小屋の窓が四角く切り取られていたのだ。中でまどろんで薄目を開けていると、景色は角ばってまったりと揺らいでいた。まったり。ゆらゆら。玄関先の古い立派な樹木が、湿った春の風に、揺れる。ざわり。ざわり。石の門柱のあいだから、外の、幅の狭いアスファルト道路が見えている。二階建ての川村家の影が、夕刻になると長く、暗く、その情景をおおいつくす。

春のある日。時刻はというと、お昼すこし前だった。薄目を開けて四角い情景を見ていると、ここさいきん、同じ時間に通りかかる女がこの日も、早足で視界を横切った。左から、右へ。うつむきがちにとてもせかせかと。なにが腹立つのやら、口をへの字に曲げている。今日も機嫌が悪いなぁと思いながら見るともなしに観察していると、反対側から、視界にとつぜんトラックが現れた。かなりのスピードだったらしく、キキーッとすごいブレーキ音が響いたかと思うと、前輪が停まり、後輪がぐぅんと持ちあがった。道路からゴムが焼けるような臭いがした。ボンネットにぶつかった女が、への字口のままでぽぅんと飛んで、春の澄んだ空に軽々と舞いあがった。薄目を開けて見上げていると、女が犬小屋の前に落下してきた。ずさっと音を立てておれの目の前に這《は》いつくばり、おおきな声で「ぎゃん！」と鳴いた。

トラックはあわててエンジンを鳴らした。ぶるん、ぶるるる、と音を立てて四角い情景の右から、左へ。現れたときと同じくすごいスピードで消えた。

女が「待ちや、がれ……」とうめいた。それから白目をむいて、静かになった。おれは面倒だが、鼻を鳴らして起きあがった。

若くない、疲れ果てたような暗い匂いのする雌だった。皮膚は土気色をして、分厚く、てかっていた。ちいさな目の、右のほうのはしっこに、涙のあとのような楕円《だえん》形のしみがあった。それを見たら急に哀れな気になった。おれは「おい」と声をかけるつもりで、その涙のようなしみの辺りをべろぉん、となめた。

うぉん！

鳴いてやると、白目をむいていた女が「うぅーん……」とうめきながら、目を開けた。おれの顔を間近で見て、

「ぎゃっ、犬！」

叫んで、這って逃げようとした。失礼な雌だ、と見送っていると、玄関が開く音がした。川村家のじいさんの「よっこらせ」という声。つづいて、じいさんが右から姿を現した。

「人の声が。それに、いますごいブレーキの音も。ビショップ、なぁ……」

のんびりとつぶやきながらこちらを見て、おどろいたように、

「おや、奥さん。どうしました？」

「犬がっ」

「えっ、うちの犬が？」

「いえ、そうじゃない」

女はほうほうの体《てい》でおれから離れると、立ちあがろうとした。それから、ふらっと眩《くら》んで、しゃがみこんだ。

「いたた、動けない」

「どうしたんです。救急車を呼びましょうか」

「そうしてください。あたしトラックにはねられたんです。ひき逃げ、です」

「ひき逃げ、ですか」

じいさんは驚いたように繰りかえすと、ばたばたとおれの視界から消えた。しばらくしてもどってきて、「救急車を呼びましたよ。それから、警察も」と言った。

「トラックのナンバーがわかりますか。それと、誰か目撃者はいましたか」

「ナンバーはわからないわ。青い車だったけれど。見てたのは、この犬だけ」

女は吐き捨てるように言った。おれが薄目を開けてまた女を見ると、おののくように身を引いた。

「そうか。ビショップが……。奥さん、この犬はついさいきんまで、警察犬だったのですよ。年を取ったのでわたしが引き取ったんです。しっかり者ですが、そう……しかし、ナンバーは犬にはわかりませんねぇ」

「ええ」

女はうなずいた。それから、

「……へぇ、警察犬」

「そうですよ」

「それなら、公務員だったのね。お役御免になった」

「ええ」

じいさんが楽しそうにうなずいた。

「わたしといっしょです。そっちのじじぃは警察で。こっちのじじぃはというと、市役所のほうにずっと、おりましてね」

「あら」

女は初めて、笑った。涙のあとにしわが寄って、二滴にも三滴にも増えた。

「うちのも、そうですわ。公務員だったんですの」

「おや。でも、あなたのご主人ならまだ、お役御免の年ではないでしょう」

「四十五ですの。でも、いま……」

救急車が近づいてきた。姿はまだ見えないが、おおきなサイレンが鳴っている。女はなにか言った。サイレンで聞き取れない。

左から出てきた救急車がきぃっ、と停まり、サイレンの音が消えた。女は歌うように、

「やだわ。もしかしてあたし、これから行くはずだったところに運ばれていくのかしら。かっこう悪い」

「これから行くところ？」

「旭川市立病院に」

救急隊員に事情を聞かれて、女はトラックの説明をしながら、立ちあがった。「いたた。腰を打ってるわ。こりゃ」とうめき、担架に乗せられる。じいさんを振りかえり、

「いま、うちの、入院してるんですの」と言う。

「おや、そうでしたか……」

「毎日の見舞いに行く途中で、これなんだもの。いやだ、先に死ぬとこだったわ。あはは」

「笑いごとじゃありませんよ。じゃあ、奥さん、お気をつけて」

救急車が右に向かって、消えていった。サイレンが遠のく。じいさんが犬小屋の横に立って、おおきく吐息をついた。つっかけを履いた足が、おれの目の前にあった。しわだら

けの親指をべろりとなめてやると、じいさんはくすぐったがって、ははは、と笑った。

それからまた吐息をつく。

「やれやれ、驚いたねぇ。ビショップ」

……うぉん。

おれはいちおう、返事をした。そんなに急いで反応する必要もないのだ。このうちはかつての職場とちがい、時がゆっくりと、たゆたうように流れている。

「それにしても、トラックにひかれたにしては、威勢のいい女だったねぇ」

あきれたような、感心するような、じいさんの独り言。

「うちの娘と、同じぐらいの年なのかねぇ。おぉ、そういえば優奈は、ここしばらく顔を出さないねぇ。ビショップ、優奈はわかるかね。ビショップ、おや……。眠ってしまったのか。さいきんおまえは、寝てばかりだねぇ」

遠くでじいさんの声がする。

「春眠、あかつきを覚えず、というやつだね。わたしまでつられて眠くなってきたよ。ビショップ」

うぉん……とおれは、夢の中で返事をする。

霞《かすみ》がかかって、なにも見えなくなる。

その日の夕刻。何度か眠ったり、起きたりを繰りかえしているうちに日が暮れてきた。

その日はおれにはなつかしい警察の人々が川村家の前にやってきて、ひき逃げ事件の検分を始めたりで、めずらしく騒々しい日だった。婦警がひとり、立派な犬小屋でうつらうつらするおれに気づいて、

「おぉ、ビショップ」

叫んで抱きついてきた。

「のんびりしているのね。元気なのね。よかった、ビショップ」

女というのは、かわいいものだ。おれの毛並みをたしかめて、目玉を覗《のぞ》きこんで、べろんと鼻先をなめてやると喜んで、きゃははは、と甲高い声を立てた。

またね、またね、と手を振りながら婦警が去り、検分も終わり。暮れてきた日を見上げていると、ぬうっ、と、昼の女が顔を出した。

涙のあとのようなしみが、夕刻になるとよりいっそう、濃く見えた。泣いているのか、怒っているのかわからない。不機嫌そうな顔をした女からは、死の匂いがした。おれは、この女がさいきん毎日、昼前にうちの前を通って左から右に消えていき、夕刻になると右から左に現れてまた消えることを思いだした。そうだ。女は夕刻、右から現れるときは必ず、かすかな移り香を漂わせているのだ。

死の匂い。死病にかかった誰かからの、暗い移り香。死だ。死がやってくるのだ。

今日もまた不機嫌そうなこの若くない雌からは、死が香った。いつもとちがうのは女が、通りすぎずに遠くからおれをみつめていることと、その頭にぐるぐると包帯が巻かれてい

ることだ。

　女は、じいっとおれを睨《にら》んでいた。「犬……。とびかかってきやしないかしら」とぶつぶつ言いながら、一歩、一歩、近づいてくる。

「それにしても。あぁ、なんでまた、この家の前で車にひかれたり、したのだろ。まったく皮肉だわ。毎日、毎日、呪いすぎたのかしら」

　女はぶつぶつつぶやきながら、おれのそばを通って、玄関にたどりついた。ドアチャイムを鳴らす。じいさんがゆっくりと出てくると、女は作り笑いを浮かべた。土気色の分厚い皮膚に、しわが寄る。涙のあとがこなごなになる。

「おや、昼の。お怪我は大丈夫ですか、奥さん」

　じいさんが愛想よく、言った。

「ええ、おかげさまでなんとか。この庭の土がやわらかかったのがよかったみたいで」

　女も愛想よく、答えた。

「よかったわ。アスファルトの上にたたきつけられていたら、もっと大怪我をしていたでしょうって。ふわん、と土に着地したのね。覚えてないんですけど」

「不幸中の幸いでしたねぇ」

「えぇ」

　ふたりは微笑みあった。女が、「つまらないものですけど」と、四角い箱を取りだして、じいさんに渡した。

「お騒がせしましたから」

「そんな、お気遣いなく」

「いえいえ、ほんとうに、取り乱してわぁわぁ騒いでしまって」

「ちっとも気になさらないでよいのに。しかし、では、ありがたく……」

じいさんは箱を受け取った。それから声を潜めて、

「みつかりましたか。トラック」

「いえ、まだ……」

女がくやしそうに唇を噛《か》んだ。

「捕まえて、襟首をつかんで言ってやりたいですわ。罪を償え、と。まったく、世間には、罪を償わずのうのうとしている女が多すぎます」

「女？」

「あ、いえ……。トラックでしたから、男の運転手ですね、きっと」

「女。はぁ……」

日が落ちてきた。電気をつけないままの玄関は、暗闇におおわれていった。ふたりの表情も、暗くてうかがえない。微笑んでいるらしき気配だけがなぜか濃厚に感じられた。

「どちらにしろ、あたし、夫がちょうど旭川市立病院に入院しておりまして」

「昼間、おっしゃっていましたね。お悪いんですか」

「えぇ、お悪いんです。とても」

女は歌うようにふしをつけて、言った。

「とっても、とっても、お悪いんです」

「それは……」

「だから、仕事も休んでるんです。あぁ、想像できます？　上のこどもが高校生で、下はまだ小学生で。この年で父親がいなくなるなんて」

「それは、とんだことで……」

とまどうような、じいさんの声。おれは薄目を開けて、玄関のほうを見た。もうすっかり真っ暗ではないか。

女は、はっとしたように息をのんだ。

「あら、いやだわ。こんな話をお聞かせして……。なんだか、夫の見舞いに行く途中でおかしなことになって、自分がかつぎこまれちゃったもんですから。先にこっちがいなくなっちゃ、だめだわ、なんて思ったら、動揺してしまって」

「むりもありません。お気になさらず」

「えぇ、では……。しばらく、警察の方があれこれ調べたりして、お騒がせしてしまうかもしれません。ほんとに、もう……」

「悪いのはトラックですよ。もしもうるさいなぁと思っても、あなたじゃなく、トラックのほうに怒りますよ。はやく捕まりゃいいんだ」

「えぇ、えぇ」

女が頭を下げる気配がした。じいさんが「では、お気をつけて」と言って、玄関を閉めた。

出てきた女は、よろめいていた。

砂利のあいまに浮いた飛び石にけつまずいて転び、おっとっとと二、三歩、進んで、石の門柱に思い切り頭をぶつけた。うめき声を上げ、門柱につかまって起きあがったところで、七竈の枝に顔を突っこんで「いたたた」と叫んだ。落ちつくまでじっとしていようと判断したのか、そのまま、動かなくなった。

女があんまりな様子なので、おれはさすがにうつらうつらするのをやめ、凝視した。視線を感じたのか女はゆっくりと、おそるおそる、振りむいた。また「ぎゃん！」と叫んだ。よろめいて、しりもちをつく。

「なんだ。犬か……。闇に光るふたつの目。そうよね、考えてみたら、そんな下のほうに、人間の目があるわけない。あの女かと。あの女があたしを笑ってるのかと。あぁ、なんてこと。くやしい。くやしい。ほんとうに、なんでわざわざ、この家の前でひかれたのかしら。くやしい。くやしい」

女はぶつぶつ言いながら、ゆっくり起きた。

ちいさく、おれがうぉん、と鳴くと、またびくりとした。振りかえって、おれを睨み、

「あのね、よぅくお聞きなさいよ。……あいたたた、あちこち痛い。やっぱりいいわ。なんでもない。帰るわよ」

ひとりでぶつぶつ言いながら、門を出た。そして目の前の道路を、左に向かって、ゆっくりと歩いて消えていった。

――死んでもゆるせない。

春の日の椿事《ちんじ》はゆぅらりゆぅらりと揺らめいておれの薄闇のような記憶から消えようとするが、そのたびに、昼と、夕方、通りかかるその若くない雌が、思いだせというようにこちらをちらりと見るので、ふたたび記憶の箱にもどされるのだった。犬小屋でうつらうつらしていると、涙のあとのようなしみをてからせ、女が通り過ぎる。春のあと、短い雨の季節がきて、玄関先の七竈が、五月雨《さみだれ》に白い花を打たれてふるえていた。夏になっても、女はまだ、昼と夕方にそこを通るのだった。

さて毎日のことだが、夜になるとおれは繋《つな》がれた鎖が長ぁいのをいいことに、のっそりと犬小屋を出て庭に回ることにしていた。耳だけはぴんと立てて、玄関先に闖入者《ちんにゅうしゃ》などいないか注意しているのだが、からだは縁側に近づいて、顎《あご》をのっけて、くぅんと鳴く。首だけ覗かせるおれに、毎日かならず、むくむくが密《ひそ》やかな笑い声を立てる。

縁側から見えるのは、だだっぴろい居間だ。むくむくとじいさんの二人暮らしの川村家には、居間と、台所。それから階段を上がった二階にも部屋があるらしいが、おれはのぼったことがないのでひとつ上の世界のことはよく知らない。なにやら不穏な気配がするの

[illegible]す、上にあるのに奈落《ならく》のような、ぬかるんだ沼が口を開けている
だが、[illegible]な感じだ。居間にはいつもむくむくがいて、黒い、おれにはよくわからない紐長い鉄の糸のようなもので遊んでいる。部屋中にくろぐろとしたそれが広がり、見るたびにすこしずつ増えていく。

奥には開いたままのドアと、台所が見えている。魚を焼く、こうばしい匂い。こととことなにかを煮る、鈍い音。じいさんがかいがいしくおれとむくむくの食事を作っている。

むくむくが顔を上げて、鉄のかたまりを床に下ろす。おれに微笑みかけて、

「ビショップ。そうしていると、さらし首のようですよ。首しか見えないのだもの」

そうつぶやいて、黒いつやつやした髪をいじった。

台所からじいさんが顔を出して、おれのほうを見た。それからあきれたように、

「さらし首なんて、見たことないだろう。七竈」

「映画で、あります。さらし首が、左から、右に、ひとつ、ふたつ、みっつ、よっつ……」

「ははは、そうか。……七竈、進路は決まったかね」

むくむくの顔から笑顔が消えた。

ことこと。ことこと。鍋《なべ》が台所で音を立てている。じいさんは菜箸《さいばし》を握ったままで、むくむくを見下ろしている。

「国立理系の進路を考えています」

「うん、おまえは理系なのだよねぇ。道内にいくのかい。北大辺りならここからでも通えるが、しかし」

「じつは、できれば、北海道を出たいのです」

むくむくが言うと、じいさんはふっ、と台所にもどった。ことこと、という音が消えた。味見でもしたらしく「こりゃ、辛いな」と小声でつぶやいているのが聞こえた。

じいさんは姿を消し、声しか聞こえない。

「うむ、七竈ならどこに行っても、やっていけるだろう。おまえはしっかりしているからねぇ」

「あのぅ、鉄道の勉強をしたいのです。わたしは」

「おや、そうだったのか」

じいさんがまた顔を出した。居間のちゃぶ台に、箸やら茶碗《ちゃわん》やらを並べ始める。焼き魚と味噌汁《みそしる》と、肉野菜炒《いた》めも持ってきた。むくむくが、焼き魚を箸の先でいじくりだす。

「雪風は、どうするんだね」

「道内の大学に行くか、就職する、と言ってます」

「ううむ」

「国立しか志望できないが、いまの成績では無理そうだと。だから、きっと就職するほうになるだろう、と」

「ずっとおなじ生活が続くわけではないのですね。そのことに去年、気づきました。人は生活を選べるのだと。住む世界を選択するのだと。気づいてなかったのです。だから、いろいろと、いま、わたし」

むくむくはようやっと、いじくり回した魚の身を口に運んだ。もぐもぐと食べながら、

「選べるのですねぇ」

「そうだねぇ」

じいさんが、台所に立って、ちいさな缶ビールをひとつ握りしめてもどってきた。ぷしゅう、とふたを開けて、でも飲みもせず、じっと缶をみつめていた。

「いやぁ、選べないのかもしれないよ」

「えっ」

「自分で選んだつもりでもね、じつは、選ばされている。それしかない道を、わけもわからず、振りかえりもせず、突きすすむ。そういうこともしかしたらあるのかもしれない」

「そう、でしょうか」

「女たちはね。わたしはずぅっと、男だから、よくわからんがね。強ければ、いいが。弱いのにそうなると、あぁ、たいへんだろうねぇ」

じいさんは一口、ビールを飲んだ。

「苦い。苦いねぇ、ビールは」

「そうなのですか。わたしにも一口」

「だめだめ」

ふたりは、ビールを一口、女の子はだめだよ、としばらく押問答を繰りかえした。おれはさらし首のようになってただふたりのやりとりを聞いていた。毎日のように繰りかえされる、たわいもない会話。家族の選択。警察で日々、任務をこなす多忙きわまる犬だったおれには、なじみのないやわらかで不思議な情景なので、おれはあきもせずにこの、むくむくとじいさんだけの時間を縁側から、だまって見物しているのだ。

やがて食べ終わったふたりが、茶碗に番茶を注いでごく、ごく、と飲んでいるとき。なにかちいさな生暖かい手が、おれのしっぽをつかんだ。気配もなく近づいてきたその亡霊に、おれはおどろいて、おんっ、とちいさく鳴いた。むくむくとじいさんがびっくりしたように、同時にこちらを見た。

「おや、ビショップ。まだそこにいたのねぇ」

「どうした、ビショップ」

おれはそうっと振りかえった。

ちいさいむくむくが、そこにいた。よく似た匂い。おおきさからして、生まれてまだまもない、幼い雌だ。いつだったか、おれのむくむくといっしょに夜の街を捜したことがある。

ちいさいのがしっぽから手を離して、おれにぎゅうっと抱きついてきた。むくむくが縁

側に出てきて、びっくりしたように、

「おやっ、夢実！」

膝《ひざ》をついて、ちいさいのを抱きあげた。

「どうやってここまで、きたの。まぁ、すっかり徘徊《はいかい》ぐせがついて。おとうさんとおかあさんが心配していますよ。あと、おにいさんもね。まぁ、まぁ」

じいさんがあわてたように、「桂さんちの、末の子か。また家出かい」とつぶやいた。電話をかけ始める。

しばらくすると、玄関から誰かが入ってくる気配がした。じいさんが出てなにか言うと、その誰かの気配は、庭に回って、やってきた。

前も見たことがある、むくむくと同じ匂いのする若い雄と、その母親らしき若くない雌だった。ふたりは、「夢実！」「また、こんなところまで、ひとりで……」と口々に言いながら、走りよってきた。

おれにくっつくそのちいさいのを、若い雄が抱きあげ、若くない雌がじいさんに頭を下げた。

「おかあさん、がみがみうるさいから、きらい」

ちいさいのがやけにはっきりした声を出すと、むくむくがびっくりしたように、

「まぁ、おかあさんになんてことを言うのです」

「だって、おとうさんやおにいちゃんのこと、ばか、ばかっていうんだもん。きらいよ」

「まぁ。だめですよ、そんなことを言っては」

「……こどもの言うことだろう。怒らなくてもいいじゃないか」

若い雄が、低い声を出した。むくむくが振りかえって、ふたりは目を合わせた。

どちらもなにも言わず。ただ若い雄は目を離しがたく、去りがたいようにそこに立ち尽くしていた。むくむくが先に目をそらした。若い雄の顔が、ゆがんだ。

三人は庭から去っていった。川村家は一瞬のその喧騒《けんそう》のあと、また静かになった。むくむくとじいさんは縁側から上がって居間にもどった。茶碗や皿を片づけ、じいさんがテレビをつける。湯飲み茶碗に、こんどは煎茶《せんちゃ》をついだ。ふたりで茶を飲みながら、じいさんはテレビを観ている。むくむくは黙って鉄のかたまりをいじっている。

「桂さんちは、いつも、たいへんだねぇ」

じいさんが言う。

むくむくが、ふふ、とかすかに笑い声を立てる。

「なにしろ、兄弟が多いですからねぇ」

「そうだねぇ。あのうちは、おかあさんが働いているんだねぇ」

「ええ。だから、雪風も……わがままは言えないのです。道内から外に行くということは、家族と離れるということですし」

「そうかい。それは、いろいろ、背負っているねぇ。下の子たちも、これからですし」

「ええ」

「しかし、身軽なのもよしあしだからなぁ」

「そうですか」

「いや、どうだろうね。わたしは古い男だから、いろいろ背負いたいものなのだよ。誰にも頼られなくなったら、昭和の男はおしまいだからね」

「そうですか。しかし、では、平成の男は」

「わからないねぇ。でも、もしかしたら、背負わされたら、こころが死んでしまうのかもしれないねぇ。いやしかし、昭和の男には、平成の男は外人みたいなモンだ。よくわからんがね」

「雪風も、昭和の男であればよかったのに！」

むくむくがとつぜん、吐き捨てるようなはげしい声で言った。初めて聞いた声色であったのでおれはびっくりして、耳がぴっとんがった。それに気づいてむくむくが、すこし顔を赤くして、笑った。

じいさんがテレビから目を離して、むくむくを見た。むくむくはちいさな声で、

「そうと気づきませんでしたが、それなら、わたしも平成の女であるのでしょうか。昭和であればわたしは、ここにいるのでしょうか。せまいせまい、このせかいに」

「さてねぇ」

「身軽で、薄情。あたらしい女は、こころが軽いのでしょうか。わたし、わたし、平気で北海道を出ていけるのかもしれないのです。わたし、わたしは、どうしたことでしょう。

この変化は。まるで自分ではないようなのです」

「大人になっていく。ただそれだけのことだろう」

「でも」

「しかし、七竈」

テレビのチャンネルを変えながら、じいさんがつぶやく。

「悪いことばかりではないだろうよ、七竈」

「そうでしょうか」

「あぁ」

じいさんはまたチャンネルを変える。やけにせわしない。

「だってねぇ、七竈。昭和の女は、狂うと、こわいよ」


——死んでもゆるせない。

うだるような夏の暑さはほんのいっとき、この家を訪れて去っていった。みじかい夏が終わると、ぐぅんと空気が冷えた。相変わらず、涙のあとのある女は毎日、家の前を通りすぎた。せかせかと、わきめもふらず。口をへの字に曲げて。夕方、右から左に横切っていくときに女から香る死の匂いは、ますますきつくなった。もはや、どこも見ず。おれのほうにちらりとも目をくれず女はせかせか、せかせかと歩きつづけていた。

玄関先の七竈が、白い花を散らし、そのあとゆるゆると、ちいさな濃い色の実を揺らし始めた。ある日、むくむくが帰ってきたのでおれが犬小屋からのっそりと出て、うぉ、ん。

と、いちおう出迎えてやると、むくむくがぷうっと吹きだした。

「おや、今日もまた、眠そうですねぇ。ビショップ」

「わあっ、犬だ！」

むくむくの後ろから、甘ったるい匂いをさせた、幼さの残る雌が一匹、顔を出した。おれのほうを見て、「おおきな、黒い犬。鉄道みたいですね」とわけのわからないことを言う。

オカッパ頭を左右に揺らして、

「わんちゃん、こんにちは」

「これはビショップという名前です。後輩」

むくむくが後輩、と呼ぶその雌は、「へぇ、ビショップ」とつぶやいた。むくむくの態度から、おれはむくむくが後輩を軽んじているのがわかったので、とくに挨拶《あいさつ》をするでもなく、愛想よくするでもなく、そっぽをむいて後ろ足で首をかいた。

「美しいけれど、むすぅっとした犬ねぇ。先輩みたい」

「なんてことを言うのです、後輩」

むくむくがむっとしている。めずらしくむきになっているので、おれは横目でふたりを観察した。ぼんやりとしたむくむくをむきにさせるのは、これであんがい、難しいのだぞ、と。後輩のほうはにやにやしている。

「わたしはむすぅっとしていますけど、ビショップはちがいます。この美しい犬をわたしといっしょにしないでください」

「あらら、またへんなことを」

「ビショップは警察犬だったのですよ。すこし前まで、このしなやかな黒い足で地を蹴《け》り、悪人を追いかけて捕まえ、この真っ白な歯でのど笛を食いちぎって、ぎったぎたに成敗していたのです」

そんなことはしていない。

おれはあきれて、ちいさく、おん、と鳴いた。むくむくはかまわず、ますますむきになる。

「悪人たちの四肢を食いちぎりさらし首にして、左から右に、ひとつ、ふたつ、みっつ、よっつ……」

「あはは。捕まりますよ、ビショップも」

「ほんとうですったら」

後輩が笑うほどに、むくむくはむきになる。おれは、むくむくの頭の中でふくらんでいたおかしなお話に、あきれて鼻を鳴らす。

「美しいけれど、へぇんな人ねぇ。川村先輩」

「へんではありません。断じてへんでは。緒方後輩」

「あらっ、わたしの名前、おぼえた。へぇんなの」

「へんではありません。これだけつきまとわれれば、覚えますとも」

「まずこっちの先輩を手なずけて、それから桂先輩を手に入れようとする高等戦術なんですよ。まいったか」

「まいりませんとも。桂？　あぁ、雪風……」

むくむくの声が急に、しずんだ。後輩がおや、というように心配そうに顔を覗きこむ。

「どうしたの、先輩。あっ、泣きそうだ」

「うそです。そんな顔はしてません」

「してるわよ」

むくむくがのしのしと庭を横切って、縁側に近づく。おれは犬小屋を出て、むくむくの手の甲をべろんべろんとなめながらついていく。鎖が地面を引きずられ、鈍い音を立てる。

縁側に後輩が座り、おれの頭を撫《な》でた。

むくむくが台所からコーラの瓶をふたつ出してきて、栓を抜いた。ふたりで縁側に座り、しろいほそい足を四本、ぶらぶらさせて、黙っている。

コーラの瓶を握りしめて、後輩が、小声で言う。

「ふたり、同じ大学に行くのよね。わたしも一年遅れて、追いかけてしまおうかな」

「いいえ。ふたりはばらばらになるのです」

「桂先輩、東京に行っちゃうの?」

後輩の顔がひきつった。むくむくが首を振る。

「いいえ。わたしが、遠くに」

「えっ……」

「雪風はこの町に残ります。きっとね」

「……」

後輩の顔が、さらにすうっと青くなった。

コーラの瓶がかたむいて、庭石の上にぽたたた、とたれた。おれはたれた液体をちょっとなめてみた。なんというおかしな味だ。あきれてふたりを見る。

「先輩、遠くに行くの」

「ええ」

「わたし、わたし、追いかけようかな」

「なにをおかしなことを、後輩。あなたの思い人がここに残るのに、なぜこっちを追いかけるのです。あなた、いったいなにをどうしたいのです、後輩」

「わ、わかんないわ」

後輩はごくごくとコーラを飲み、口の端からたれた液体を手の甲で拭《ふ》いた。

「だって、先輩をからかうとおもしろいのだもの」

「アッ、やっぱりからかっていたのですか。察していましたが。しつれいな」

「ふふ」

後輩は顔をゆがめた。

ずざざっ、と音を立てて庭の樹木が揺れた。風が吹いたのだ。後輩が寒そうに肩をふるわせた。

ずざざっ、と風が。

「わたし、わたし、置いていかれたくないわ。美しい人が旅立つ、こっち側に残るのはいやよ」

「……それでも、わたしは旅立ちますよ」

「行かないで。ここに残って。わたしたちといっしょに、この町の風景になって。とくべつな何者にもならないで。いやよ、いかないで」

「おかしな人ですね。あなたがほしいのは桂雪風では」

「桂先輩をみつめていると、川村先輩、あなたが目に入るんだもの。なぜかというと、桂先輩があなたばかりみつめているから。だから」

「おかしな人」

「ええ。ええ。そうね」

コーラの瓶を、競争するようにかたむけて、ふたりはすごい勢いで飲み始めた。ふいに外の通りからほんの一瞬、風に乗って死の匂いが香ってきたので、おれは、あぁ、あの若くない雌が今日もまた通ったのだとわかった。ちいさく「あれ、今日は犬がいない……」

という、けんのある声が耳に届いた。おれは耳をぴっとさせて、振りむいた。死の匂いは遠ざかっていった。

ことん。……ことん。ふたつの硬い音がしたのでおれは縁側に視線をもどした。空になったコーラの瓶がふたつ、ふたりの左側にそれぞれ、おかれていた。むくむくはいつもどおりのぼーっとした顔をしていた。後輩は無表情だった。

う、う、う、ぅ、ぅ……とけもののようなうめき声がして、後輩が急に、両手で顔をおおった。オカッパ頭が、ゆぅらり、と揺れた。むくむくがなにかつぶやく。

後輩がぶつぶつと、低い声で言った。

「いかないで。いやよ」

「後輩」

「いやよ。ぜったいいや」

「後輩」

「わたしは美しいふたりが好きだったのよ。ばら売りしないで。美しいふたりの先輩。桂雪風と、川村七竈。けして入っていけない、美しい舞台」

「あなた、そんなことを」

むくむくが弱ったようにつぶやいた。

「そんなロマンチックなことを、言わないでください」

「言うわ。言ってやる。ずぅっと言い続けてやる。わたしは美しいふたりの先輩に片思いをしていたの。こんなのないわ。裏切られたよう。ひどいわ。そばにいて憧《あこが》れさせていてほしいのに」

「なんとまぁ」

むくむくがあきれたように、しろい手をのばして、後輩のほっぺたをぎゅうっと引っ張った。後輩がひっく、と一声、鳴いた。

「勝手なことを言わないでくださいな」

「憧れなんて、勝手にするものよ。ほうっておいて」

「なんとまぁ」

「桂先輩のところに、行ってくる」

「えっ」

すこぅし不安そうに、むくむくが息をのんだ。後輩はばたばたと立ちあがって、「うんと、うんと、ロマンチックなことを言ってやるわ」とうそぶいた。

「受験勉強中ですから、ほどほどに」

「ええ」

「相手は受験生ですよ」

「わかってる」

「あっ」

「なによ」

「わたしも、受験生でした」

「……調子狂うなぁ。まったく、へぇんな人！」

後輩は叫ぶと、走りだそうとして、おれの鎖につっかかって転びかけ、体勢を立てなおした。それからふと心が落ちついたように、ゆっくり振りかえった。

「……な、なんです？」

「やっぱり、やめるわ。うちに帰る」

「そうですか……」

「そうよ」

くるりときびすを返して、背筋をのばして歩き去っていく。おれはむくむくといっしょに、それをじっと見送っていた。

オカッパ頭が庭から退場すると、ふぅっ、とむくむくはため息をついた。恨めしそうにおれを見下ろして、

「いきのいい娘さんでしょう。ビショップ」

うぉん。

「緒方みすず。いつもあんな調子なんですよ。あぁ……。おや、いやだ。ということはもしかすると、わたしはいきの悪い娘さんなのかしら。なんだかいやですね。はっくしょん！」

立ちあがりながら、ぶるる、と震える。

「風邪を引いてしまう。なんだか急に空気が冷えてきましたね。秋が終われば、すぐに冬。旭川の、冬は、長ぁい、ですからね」

節をつけるようにつぶやいて、「またね、ビショップ」とおれの頭を撫でて居間に入っていった。日が、空がかたむくように暮れてきて、おれは庭に丸まって伏せ、またうつらうつらし始めた。

――ゆるすものか。

秋が終われば、すぐに冬。そう言ったむくむくの言葉どおりに、すぐに二度目の冬がやってきた。からっ風がびゅうと吹き、ちいさな雪がはらはらと舞い落ちた。と思っているまに雪は視界を遮るほどにはげしくなり、白と灰色のまだら模様となっておれの立派な犬小屋の、四角い窓から見える景色を一面、暗く覆いつくしてしまった。

分厚いジャンパーに、毛糸の帽子。ふわふわの耳当てに毛糸の手袋といった完全装備をしたむくむくが縁側から出てくると、いかめしい顔をしてなにか言い、おれの犬小屋を引っ張った。「うん、しょっ」やはり犬小屋は、おれのつめひとつ分ぐらいしか動かない。あの若い雄が、むくむくと同じような完全装備の恰好《かっこう》をしてやってきて、黙って手伝った。おれの犬小屋は川村家の玄関のたたきに設置された。犬小屋が鎮座しているせいで家人は、靴を脱ぐときにせまくて難儀しているようだった。片足立ちになったところを、べろんとかかとをなめてやると、むくむくもじいさんも、きまって、きゃっと飛びあがる。それがおかしくておれは、まめにそのいたずらをやった。

むくむくとよく似た匂いの雌がやってきたのは、そんな、冬の始まりのことだった。

木枯らしが吹く中、不吉な死者のようにその雌は帰ってきた。帰ってきた、というのはそいつが「ただいま」とつぶやきながら玄関を開けたからだ。それから犬小屋を見下ろすと長い髪をかきあげながら、不思議そうに、

「犬小屋だわ」

と、おれをぴしりと指さして言った。

うぉん。

「犬だわ」

指さすな。

「鳴いたわ。シェパードだわ。……おとうさんっ！」

台所から、エプロンをつけたじいさんが出てきて、目をほそめた。なんともいえない声で、

「おぉ……優奈か」

「おとうさん。なんなの、そのエプロンは」

「これか」

じいさんはさらに目をほそめた。

「七竈がくれたんでね。そこの商店街の、くじ引きで当たったらしい。しかし、あの子は料理をしないから」

「手伝わせればよいのに。わたしにはさせていたわ」

「おまえは娘だろう」

「だから、なぁに」

「あの子は、孫だよ」

「孫ばかねぇ、おとうさん」

すこし嫉妬《しっと》の入り混じったような声で女は言った。片足立ちになり、靴を脱ぐ。どぎつい色をした、ぴかぴかのハイヒールというやつだった。おれはそれの匂いを嗅《か》いで、ひとつつまんで犬小屋の中に入った。かじりながら、聞くともなしに会話に耳をかたむけた。

「あの子は？」

「図書館に行っているよ。勉強している。なにか食べるかね」

「食べないわ。お腹すいてないの。どうして勉強してるの？」

「受験生だからだろう。いま、高三だよ」

「あらっ。そうだった」

女はうめいた。しばらく静かになったと思ったら、急に、ふ、ふ、ふ、と笑う低い声が響いてきた。

「共通一次ね」

「いや、平成の受験生はセンター試験だ」

「あぁ、そうだった。……なによ、平成って」

「いや、戯《ざ》れ言《ごと》だよ」

今度はじいさんが、ふ、ふ、と低く笑った。

「こんどは、ずいぶんいなかったねぇ」

「また旅をしてたのよ」

「おまえは、いったい……」

「犬がいたわ。玄関に」

じいさんは黙った。

「いるよ。飼っているからね。そうか、春に慶の披露宴で帰ってきたときは、おまえ、うちに寄らなかったのだね。あのときもう、このビショップを飼っていたのだよ」

「へぇ。いまどき、シェパード」

「昭和の犬さ」

「年寄りなの」

「そうさね。人間で言えばわたしと同級生ぐらいではないかね？」

「あら、まぁ。そうなの」

「警察犬だったのだよ。わたしと同じく、定年退職だ。七竈が進学していなくなったら、わたしとビショップと、じじぃふたりで静かに暮らすのだ」

「あの子、どこ行くのよ」

「受験の結果次第さね」

女は深く、ため息をついた。ぼぅん、ぼぅん、と柱時計が鳴りはじめた。家の中はしんと静まりかえっている。と、急にぱしっと乾いた音がしたので、おれは目を開けた。よだれだらけにした靴から口を離し、犬小屋からちょいと顔を出して家の中を見た。

女がほっぺたに手を当てて、声も出さずに泣いていた。じいさんが厳しい顔をして、もう一回、手を振りあげた。

「いたいわよ」

「……そうだね」

静かに、手を下ろす。それから台所の椅子に腰かけて、深々と息を吐く。

「こどもが受験生なのも、知らないで」

「旅をしてたのよ。あの子には、優しいおじいちゃんがいるし」

「母親はべつだろう。おかげですっかり風変わりな子に育っちゃって」

「それはもともとよ、きっと。母親のせいじゃないわ」

「おもしろいから、よいのだけどねぇ」

「なら、べつにいいじゃない」

「母親は、母親だよ。おまえは無責任な旅人だ」

「知ってるわ！」

女は不機嫌そうに叫んだ。

かち、かち、かち……と時計の秒針の音だけが響く。

それきり、どちらも、なにも言わない。

だいぶ経って、おれの鋭い立派な牙《きば》で靴がだいぶ解体されたころ、じいさんが誰にともなくつぶやいた。

「おまえは、ついに、母親らしくはならなかったねぇ」

「わたしが？　ええ、そうね」

「いったいなにがあったんだね」

「つまらない出来事よ。つまらない。ねぇ、おとうさん、わたし醜い？　ふふ、ふ、そんな顔じないでよ。二十年近くもこんなふうに過ごしていたら、そりゃ醜くもなるわ。だけどどうしても、どうにも、なりゃしないのよ」

「いまからだって、いくらでも、自分を変えられるだろう」

「むりよ。それに、変わりたくないの。こうしかできないのよ。ほうっておいて、おとうさん」

「優奈……」

「白っぽい丸、白っぽい丸」

「なんだね、それは」

「おまじないよ。おまじない。ふふ、ふ」

女は疲れ果てたようにつぶやくと、それきり静かになった。

しばらくして、外が暗くなったころ、がらがらと玄関が開いて、むくむくが「ただいま」と、女とよく似た声色でつぶやきながら入ってきた。うぉん、とおれが鳴くと、おれの声など聞こえなかったように、瞳《ひとみ》を見開いて立ちつくし、玄関に転がる、派手なハイヒールをみつめていた。

「真っ赤な、お靴。ハイヒール」

うぉん！

「ひとつだけ？　おやっ、ビショップ」

おれがこなごなに解体した靴をみつけて、むくむくはびっくりしたように短く、きゃん、と鳴いた。それからくすくす笑うと、細く青白い手をのばして、おれの頭をやさしく撫でた。

「見事に、ぐじゃぐじゃではないですか、ビショップ。おまえ、おかあさんがもうどこにも行かないように、お靴を壊してくれたのねぇ。素敵な犬。美しいシェパード。ふふふふ」

うぉん？

むくむくは立ちあがると、あわてたように靴を脱いだ。おれにかかとをなめられて笑いながら、家に飛びこんでいった。

「おかえり、おかあさん」

遠くからさっきの女の、「ただいま。あら、ちょっと痩《や》せたわね」というつぶやきが聞こえてきた。おれはあくびをひとつ。のっそりと犬小屋を出ると玄関先に転がるもうひとつの靴もくわえて、犬小屋にもどった。がじ、がじ、がじと、嚙み続ける。がじ、がじ、がじ。家族の談笑が、遠く聞こえる。

まったりと眠るように暮らしていたので、それから何日後のことかよくわからないが。雪が晴れて一時、雲間から光射す暖かな午後のことだった。

雪かきされた川村家の前の道路を、ここ何ヶ月もそうであったように、あの、涙のあとがある女がゆっくり通り過ぎた。玄関の中にいても、外を通る人の気配や匂いはわかるので、おれはあぁ、またあの雌が通っているな、とまどろみながら考えた。

しだいに近づいてくる女の、移り香があまりに強いので、おれは女に関わるあの、死病にかかった誰かがついに死んだのだろうと気づいた。黒い、湿った鼻先で玄関のドアを開け、鎖を引きずりながら外に出ると、涙のあとのある女が罪の荷物を引きずる暗い罪人のようにして、門柱で仕切られた四角い情景の中を、右から左へ、ゆっくりと通り過ぎるところだった。

ちょうど真ん中で、立ちどまり、首をかくりと曲げておれを見た。

涙のあとが、こなごなになる。笑ったのだ。

いや、泣いている。

おれは一歩、一歩、黒くしなやかな四肢で歩を進めた。女のもとに寄り、べろっと、しゃがみこんで嗚咽《おえつ》する女の耳をなめる。

女、女よ。犬がこわいのではなかったか。

わぁわぁと女は泣きつづけている。それからぴたりと泣くのをやめ、おれを間近で覗きこんだ。

うぉぉぉん。

死んだんだな、とおれは聞いた。女はうなずいた。

「犬のあんたには、う、わから、う、ない、うっ、でしょうけど」

わかる。匂いはわかるのだ。

「夫が、亡くなりましてね」

連れ合いが死んだのか。そうか。

「ずっと調子が悪くて。死病だとわかったのが遅くてね。ずっと公務員で、あぁ、あんたと同じね。小学校の教員をしていたのよ」

教官みたいなものか。

「春に、一時退院して、姪《めい》っこの披露宴に出たのよ。そこで思いだしてね。あたしたちの結婚したころのこと。あたしとは、教員どうし、となりの席で、親しくなったのよ。もうずいぶんむかしの話ね」

女は立ちあがろうとして、雪にすべった。それきり立ちあがる気力をなくしたようにしゃがみこんだまま、「あぁ、さむい」とつぶやいた。

うぉん。

「死んでしまったわ」

すごい匂いだ。死だ。それが女を黒い煙のように取り巻いている。匂いが目にも見えるようで、おれはうぉんうぉんと鳴く。

「死んでもゆるせない」

うぉん……。

おれは首をかしげた。女はまだ中年の域というやつだったが、このおれはというとすっかり老いていたので、うぉん、と短く返事をしながら、そういうものかなと不思議に思った。

おれは一度目の冬のあいだにだいぶ弱り、のんびりと暮らす年寄りだったので、死がすっかり気楽に、おれに近づいてきているのを察していた。だからこそ、おれという犬にとって死はなんというかたゆたっていて、この世のなにをとっても、死んでもゆるせない、なぞということはないだろうと思えたのだ。

このおれだって、いやだったやつの一人や二人、いやもっと、いた。生家にも意地の悪いこどもがいたし、警察署でだってそりゃあいろいろとあった。ゆるせないのは、生きてるあいだだけさ、とおれは思って、その意気消沈している可愛そうな雌の頬をべろっとなめた。雌はなにも言わずにじいっとしていた。

やがて女は、涙のあとを揺らして、つぶやいた。

「ゆるすものか」

うぉん……。

「なんというやな女。夫は死んだのに」

女はしゃがみこんだまま、ものすごぅくちいさく、丸まっていた。関節をすべてはずしてちいさく折りたたんだかのような縮みっぷりだ。心もとない様子で、

「死んだのに、ゆるせない」

おれは、なんだ、と思った。自分が死んだあとの話ではなかったのか。死んだ夫の話だったか。

「ねぇ、犬。あたしが知っている限り、夫はいちどだけ、浮気というものをしたのです。あたしはそれを知っているけれど、知っているとは言えなかった。夫は知られていないと思っていた。無邪気な、なにも知らぬ妻。幸福なわたしの妻、と。ゆるすものか、と日々、気づくと考えていた。ねぇ、犬。あたしはけして夫をゆるさないだろう、と自分でわかっているのよ。死んだあとも。なんてこと。これこそ悲劇ではない？ おまけによりによって、こんなところでトラックにひかれたし。あのトラック、まだ捕まってないのよ。いまじゃあれはまぼろしだったような気がするわ。あれはトラックの姿をして、トラックじゃない。あのどぎつい青は、あの女の化身。罪をおかして償わぬ、あの女。あの女。あの女だったにちがいない。トラックに姿を変えて、あたしをひいて、奈落のような空に飛ばし

て、嘲笑《あざわら》っていたにちがいない。ゆるすものか。あの男はあたしの夫。あたしの夫だ。一夜といえど、ゆるすものか」

女は涙のあとをちりぢりにして、うめき続けた。

あぁ、この女は夫をゆるしたいのだなぁ、と思った。黒くけぶる死の匂いは、あらぶる嵐のようにはげしく揺れていた。女はゆっくり立ちあがり、顔をゆがめて、

「さよなら、黒い犬。もう、行くわ」

うぉん！

「帰らなくては。こどもたちが、いるし。いろいろ、しなくては」

うぉん。

ゆるしたいと思ったときに、ゆるしているのでは。女というのは、かわいいものだから。おれはそう思ったが、女に伝わったかはわからない。罪の荷物をひとりで引きずるように、ずるずると、女は重たいからだを揺らして、再び歩きだした。ぶんっと吹雪が降りだして、やがて女も、黒い煙も、割り切れぬ暗い問いも、雪の向こうに消えていった。

同じ夜のことだった。

もう夜中で、家人も寝静まったころ、心もとない手つきで玄関の鍵《かぎ》を開けようとするものがいた。鍵穴とはまったくべつのところを鍵の先で小突き回し、困ったように声をあげ、やがて鍵穴探しをあきらめたかと思うと、ずるずると玄関先に座りこんでしまった。

凍死するのではとおれは気になり、中から、うぉんうぉんと鳴いた。その人影はゆらゆらと起きあがり、こんどはなんとかして、鍵穴をみつけてドアを開けた。

むくむくの母親の、雌だった。

長い髪は濡《ぬ》れて、青白い顔にはりついていた。その顔の暗さに、夜がぎしりとゆがんだ気がした。女は靴を脱ごうとしながら、つぶやいた。

「また、旅にでようかしら」

うぉん？

「でも、もう、いったいどこに」

うぉん？

「あの人、死んでしまったのねぇ」

うぉん？

「ふ、ふ、ふ。ねぇ、ビショップさん。わたしは若いころとてもつまらない女で、誰もわたしのことなど気にもとめなかったのよ。誰にも不快感を与えず、誰にも問題とされなかった。白っぽい丸。わたしはかつて白っぽい丸だったけれど、でも——あのひとを自分の力でみつけたのよ」

女はたたきに座りこんで、靴も脱がずに、つぶやいた。

「つまらない、出来事よ。むかし、ほれた、男が、死んだのよ」

うぉん。

おれはあきれて、思わず低く吠《ほ》えた。夕方も、夫をなくした女がいた。あっちの男も死に、こっちの男も死んだのか。まったく男というものは、よく死ぬ生き物であるなぁ。

かしましい女たちを、残して。

ふわりと空高く消えるのだ。

「あぁ」

女がうめいた。

「時は過ぎ。とりかえしはつかないのねぇ」

うぉん。

そのとき音もなく、階段を降りて心もとない細い影が姿を現した。パジャマの上からドテラを羽織ったむくむくが、黒く長い髪を垂らして、立っていた。

「おかあさん」

と、むくむくがささやいた。

「ふ、ふ、ふ」

「おかあさん」

「ふ、ふ」

「おかあさん」

「ふふ」

むくむくがぽろぽろと泣いているので、おれはおどろいて、ちいさく鳴いた。女は酔ってよどんだ瞳を揺らして、ようやくみつけて、ひたと娘を見た。

「ははは」

女が笑う。

「はは、泣いている。若い女が、泣いているわ」

「おかあさん、もう、男の人のことばかり考えるのはよしてください。わたしを見て。わたしをかわいがってください。わたしはあなたの娘です。このうちで、おじいちゃんとふたり、ずぅっとあなたを待っているのに」

「若く美しい女も泣くのねぇ。はは、いい気味」

「おかあさん！」

むくむくが涙を拭いた。ごしごしと両手の甲で、拭いても拭いてもあふれでる。

「泣いてはいけない。もう、ともに泣いてくれる雪風はいない。だから、泣いては、泣いては」

うめきながら、階段のてすりに寄りかかる。おれがうぉん、とちいさく鳴くと、むくむくはこちらを見た。おれの姿に勇気をもらったように、よろめきながら近づいてくる。

むくむくと、母らしき雌が、睨みあう。

「おかあさん、わたしを愛してますか」

「おかしなことを聞くね。こどもを愛してない親なんて、いないさ」

ただ、いまそれどころじゃないだけよ、と続けて、つぶやく。

「わたしのことをいちばんに考えてください。わたしが大人になるまでは。ずぅっと、おかあさんを待ってたのです」

「知ってるわ。待たれているから、旅ができたのよ。遠くにいても安心したわ。わたしを愛して、待っているものがいることに」

「それは、母の心持ちでは」

「フン。……すっかり、大きくなって」

女はむくむくの青白い顔に、自分のむくんだ顔を近づけた。むくむくがおびえたように息をのんだ。

「美しくなって。わたしより遥《はる》かに若く、上等な女でいるなんて。娘って残酷なものねぇ。神のいやがらせのようだ。だけどそれにしても、あんたはまるで、人形のような女だね。足音もない。色気もない。しんとして、きれいだけれど、なんだかぼうっきれみたいだよ」

「おかあさん」

「わたしのせいなの？　あんたがそんななのは」

むくむくの顔がゆがんだ。女が続ける。

「わたしはかつて、わたしの母のせいでつまらない平凡な女だった。息苦しく、ひっそりと不幸だった。ある日、自分で選んで、こういう女になった。とある男に恋情をいだいてね。くだらぬことよ。遅咲きで、気狂《きぐる》いを起こしたんだ。そしたら七竈、あんたが生まれたよ。だから、あんたも選べばいい。おかあさん、なんて夢幻《ゆめまぼろし》さ」

それだけ言うと、女はもつれた足取りで玄関から、廊下の奥に消えていった。残されたむくむくは、寒さにぶるっ、と震えた。

その顔が奇妙に、これまでのむくむくとちがうことに、おれは気づいた。こんな顔の女を、いままでも見たことがある。若い婦警たちもときどき、こんなふうにとつぜん、なにかがからだを通り抜けたように呆然《ぼうぜん》とし、しばらくすると嘘のようにすっきり、しゃっきりとしたものだ。

むくむくはずいぶんと長いあいだ、震えながら玄関に立っていた。それからおれに気づいて、しゃがみ、首ったまに抱きついた。くんくん、と匂いを嗅ぎ、

「いい匂い。これは獣の匂いですねぇ、ビショップ」

うぉん？

「ねぇ、ビショップ。あんたは自分のおかあさん、憶《おぼ》えてます？」

遠い記憶だ。日々の喧騒にまぎれて、いつしかちいさな茶色っぽいかたまりみたいな、おおざっぱな輪郭になって、頭の隅にひっそり残っているのみだ。あたたかな残滓《ざんし》のような、おれの母。もう生きてはいまい。なにしろ、あたりまえだが、このおれよりも年上なのだから。

母のことなど、気にしたこともなかったなぁ、と思っていると、むくむくは微笑んだ。

「獣は、親のことなど気にせず大人になるのですか？　ねぇ、ビショップ。ねぇ、ビショ

ップ。わたしおかあさんという女の人をゆるせるのでしょうか。こどもに親は選べないとよく言うけれど、親をゆるすかどうかは、選べますねぇ。これは分岐点なのでしょうか。わたしの人生の。ビショップ。雪風と出逢《であ》わせ、引き離し、わたしをこの町に引きとめていたあのいんらんの母を。もしも、もしもゆるせたらですね、ビショップ。そしたらわたしは、自分をすこしだけ、上等な人間のように思えるでしょう」

　むくむくはおれの耳にちいさな鼻を突っこんで、気持ちよさそうに匂いを嗅ぐ。おれはくすぐったくて、ぎゃうん、とうめく。むくむくの声が耳の中で響いて、気持ちがいい。

あぁ、なにか言っているな。

「だけど、ビショップ。人間にはそれがなによりむずかしい」

そのあとむくむくは、玄関にしゃがみこんでうぉううぉうと、獣のように泣いた。

「おかあさん、おかあさん」

若い雌の悲しげな遠吠えにつられて、ついにおれまで、うぉんうぉんと鳴きはじめた。ようく眠っているらしく家人は起きてこなかったが、隣家から「うるさい」となんどか怒鳴られた。

おれはうぉんうぉんと、嘆き悲しむ若い女のために吠えつづけた。

五月雨のような

犬の鳴き声が、うるさいが。

わたしは眠ることにする。いまはただ夢も見ずに死んだように眠りたい。

階下では犬がうぉううぉうと吠《ほ》え、美しい娘がわぁわぁ泣いている。今夜は誰もこの物語をこれ以上語ろうとはしないようなので、わたし、川村優奈はほんのすこしだけ、十八歳になった風変わりな我が子、七竈から資格を取り返し、時空をさかのぼり、わたしの、夜の弱さの話をしようと思う。

とはいえ、なにから語ればいいのか。そう、そうだ、気狂《きぐる》いの女にふさわしく、このわたしが桂多岐いわく〝不感症〟になった、あの夜の話をしよう。

夏だった。

うだるような、北国の短い、べたつく夏。

わたしは一瞬だけ、まるでせまい路上ですれ違うように、袖《そで》すりあうように、ふと望みのものを手に入れたのだ。それがわたしをさらなる、呪われた旅人にしたのだ。

こどもを産んでから七、八年経ったころの、夏だったと思う。七竈は小学生になり、わたしの父はそろそろ定年を迎えようとしていた。ということは、それから十年ばかりが過ぎたということか。あのころからわたしは、ときどき旅に出ていた。そして旭川にもどってくると、うちでぶらぶらしながら、答案を郵送する通信制の学習塾で、赤ペンで丸ばつをつけたりアドバイスを書きこむパートをして過ごしていた。その年、短い夏はとくに激烈で、街路樹の濃い影が、通りにいくつも、丸く、暗く落ちては熱風に揺れていた。

蟬の鳴き声。

みぃん、みぃんと、誘惑するような。

その昔、わたしがおんなの辻斬《つじぎ》りとなって大暴れしたこの町は、こどもを産んで、ほうけたあとのわたしを置いて、規則正しく朝をむかえ、なにかを生産し、また夜になることを繰りかえしていた。たいくつな、いつも湿り気をおびた、暗い町。

夕刻だった。ふだんなら娘がまだ学校に行っている時間で、うちの中でひとりのんびりできるはずなのだが、夏休みというのは不便なもので、一日中、娘がうちにいてわたしにあつくるしくまとわりつくのだった。こどものからだはしっとり湿っていて、体温が高く、どこか不快だった。わたしは行く当てもなく家を出て、ぶらぶらと散歩をし始めた。

以前勤めていた小学校のそばを通りかかり、所在ない気分のままで裏門をくぐって、せまくて乾いた校庭に足を踏みいれてみた。夏休みの校舎はしんと静まりかえって、地面におおきな影を落としていた。教諭がひとりぐらいは校舎にいるかもしれないが、ほぼ無人なのだろう、とわたしは考えた。ゆるやかな開放感があった。

校庭の、三本並んだ七竈の木を見上げていると、あの夜の、揺れていた白い花と、星と、なんともいえない、甘ったるい絶望がふたたび押し寄せてくる感じがした。

みいん、みぃんと、蟬が叫ぶ。

わたしは立ちつくしていた。

「……おや」

急に声がしたので、おどろいて振りむくと、なつかしい男が立っていた。わたしがこの小学校に赴任してきたとき、となりの机だった男。朴訥《ぼくとつ》とした、つかみどころのないような。

田中教諭だ。目を細めて、なんどかうなずいて、

「川村先生」

「あ、あぁ」

わたしはとつぜんだったので、あわてて、こくこくとうなずいた。田中教諭は首もとがでれりとのびたTシャツに、下はスーツのズボンといった恰好《かっこう》で、はだしで黒いサンダルをはいていた。日に焼けて、汗で浅黒く光っている。あのころのこの人はま

だ青年の面影を残していたけれど、いまはだいぶ、くたびれて、おじさんと呼ぶのに抵抗を感じさせない風貌《ふうぼう》だった。すこぅしさびしげな感じに、ふけていた。

向こうも同時に、わたしの変化を観察しているのに気づいた。はずかしくなってわたしは目をそらした。そらした視線の先に、七竈の枝が青々と茂って、熱風に柔らかく揺れていた。

わたしも、ふけた。女のほうが容赦なく年を取る。それに、田中教諭のとなりに座っていたあのころでさえ、若い女だったあのころでさえ、わたしは平凡な、つまらない女だった。道を歩いていて異性が振りむくことは皆無といってよかった。ごくふつうの顔立ちに、太っても痩《や》せてもいない、とても、つまらないからだ。よくよく話せばわたしのことを気に入ってくれる人はいたが、それはさりげなく存在する善良なものに対する、おだやかな好意に過ぎなかった。誰もわたしを熱烈に恋したりしなかった。わたしは平凡な、つまらない、白っぽい丸であったのだ。あぁ。

そしていまのわたしは、年相応にふけ、お腹はすこし出て、髪は前よりぱさつき、皮膚は直火でゆっくり焼いたお肉の表面のように、脂肪やしわですこしずつただれてきている。醜く、よりつまらなくなった、若くない女。わたしをそんなに見ないでほしかった。田中教諭は観察が終わると、相変わらず朴訥とした様子でのんびりと、

「ずいぶん、お久しぶりですね」

「え、えぇ」

風が吹いた。

蟬が、みぃんみぃんと、鳴いている。

わたしは横目でちらりと田中教諭を見た。ものほしそうな顔になっているのがわかり、自分を、恥じた。ごまかすように早口で話した。

「このへんをぶらぶらしてたもんですから。その、つい、寄ってみたんです。その、なつかしくなって。あとその、わたしの娘が、いま、ここに通っていましてね」

「娘？」

「川村七竈です」

「おぉ、あの」

田中教諭はうなずいた。たのしそうになんどもうなずいて、

「なんだ、川村先生の娘さんだったんですか。ずいぶん目立つ子ですね。静かですが」

「目立ちますか？」

「えぇ」

「あのね。わたしむかし、この七竈の木の下で、男と寝たんですの」

「えっ」

言ったつぎの瞬間、わたしはいったいなにを口走っているのだろうと驚いた。人差し指で地面を指差して、わたしは開きなおったように胸を張って、田中教諭を睨《にら》みつ

けていた。田中教諭はあっけに取られてわたしを見下ろしている。しばらくして、気の抜けるような声でつぶやいた。

「あぁ、そうですか……」

「そうなんです。田中先生、わたし、学校をやめるあのころ、とても様子がおかしかったんです。その、母がなくなりましてね。なにをどうするべきかつねにわかっているといった風情の、自分にも人にも厳しい人だったんですけど。それで、ひとりになって、わたし、どんな女になったらいいかさっぱりわからなくなったんです。男の人に激しい思いを抱いたことも、抱かれたことも、なくて。それでね、この学校に赴任して、そしたらとなりに田中先生がおられて。憶《おぼ》えてます？」

「む。なにがでしょう？」

「わたしに、七竈の木がすごく燃えにくいって話をしたの」

田中教諭はゆっくりと、首をかしげた。

「しましたか？」

「しましたとも。しましたとも。それでわたし、自分を、七竈の木のように七回燃やして、それで、上質な炭にしようと思ったの。だから七回、男と寝ました。この七竈の木の下でも。この町中で。わたし、わたし、おかしかったんです」

「えぇ」

「わたし、ほんとうにほしいものには、近づけなかったんです」

気づいたら、涙がひとすじこぼれていた。よどんだ頬を流れるそれも、夏の日射しに溶けて流れる汗と見分けがつかないかもしれない。わたしは校庭をゆっくり歩きだした。見えない糸でむりやりひっぱられるように、田中教諭もよろめいてついてきた。

「どうして近づけなかったんです」

「お呼びでないと思ったので。わたし、自分に自信もなくて、価値もないと、思っていたんです。ほんとうにほしいその人は、ほんとうにほしい人を手に入れて、幸せそうだったので」

「ほんとうにそうかどうかは、見た目ではわかりませんけれどねぇ」

「……そうですね。そんなら、それをいいわけに、勇気を出さなかったんですわ。わたし、きっと、正攻法でがんばるよりも、いっそ一気に恋に狂いたかったのかも。あれからずぅっと、気狂《きぐる》いのままですわ」

校庭を横切り、なつかしい、古い、木の校舎に一歩入った。夏休みの小学校には人気がなく、木の匂いと、夏の気配が無人の廊下に満ちていた。田中教諭を振りむくと、あのころとはずいぶんちがう、すこし疲れたような中年の気配を漂わせて、呆然《ぼうぜん》とした風情でそこに立っていた。急に暗いところにきたので、視界がちかちかとしてあまりよくは見えないが、そのぶん、気配が濃厚に感じられた。わたしはあのころの、あの気分を急にどっと思いだした。息もできぬほどに。

この人に、こだわった。この人を手に入れられぬ自分の人生を、ほんとうのこととして受け入れることはできなかった。方法はただひとつだった。辻斬りに。辻斬りになるのだ。男などどれも同じだと思いこむまで、けして立ち止まるな。からっぽだ。からっぽになるのだ。立ち止まるな。けして。特定の誰かのことなど、けして考えるな。

わたしは男たちと、寝て、寝て、寝た。自分を台無しにするためにふんばった。あのころ、わたしの人生にはよくあることが起きたのだ。けして、おそろしい、とくべつ取りかえしのつかないことなど起こっていない。

暗い廊下で、その夕刻、わたしはとても饒舌《じょうぜつ》だった。己について語る以外に、この場を保つ方法がわからず、そうはいっても、男とちゃんと話をするなど、ここ七、八年のあいだついぞしてこなかったので、語るべきことといえば安っぽく湿った己の情事のことしか浮かばないのだった。あのラブホテルにも行きました、だれだれと、こんなことを、それからね、もっとあります、わたしは七人もの男と寝たんですよ、としゃべり続けた。けたけた笑いながら。醜く、ふけつつある、若くない女のみじめな顔をゆがめながら。

やがて、震えながら語り終わった。わたしは疲れ切り、敵陣についに白旗を振るような、よよとした風情で、もともとのはじまりの一つである田中教諭に、問うた。

「わたしがあなたに対して感じていたあの感情に、あのころ、先生、気づいておられました？」

蟬が鳴いている。

「……一度だけ」

田中教諭はつぶやいた。黒いサンダルが汗ばんでいた。顔を見上げると、夏の光の逆光でよく見えなかった。汗が浮いて、光っている。頬から顎《あご》にかけてのラインが、あのころとは別人のようにゆるんで、あぁ、もう若い男ではないとよくわかる。

田中教諭はため息のように長く、息を吐いた。

「一度だけ、あなた、ずいぶんへんな顔をしたので。それで、ふと」

「あぁ、あのとき」

「だけど、わたしは女性にもてるほうではないので。そのあとすぐに退職なさったし、こどもができたと聞いて、やはり気のせいかと。自分の人生にそんなことが起こるはずがない、女性にもてたことなど、家内と会ったとき以外では、ほぼ、ありませんでしたから」

「だったら、あの机に魔力があるんですわ。あそこに座ってるときに、となりの席になった奥さまと結婚したんでしょ？　そのつぎ、赴任してきたわたしもそうだったんだもの。机のせいだわ」

「なるほど。机がもてていたんですね」

「ふふふ」

「ははは」

「……うっ、ううぅ」

わたしはふいに、なにかこみあげてきて、泣きだした。

滝のように涙があふれた。取りかえしのつかない時間が流れ、わたしは変わり、傷みきった古い果実のように醜くぐじゅぐじゅの姿をさらすいま、こうしてまた会って、そうするとやはり、ほしかった。あさましい。わたしはあさましい。なにが恋か。かけがえのないものか。美しい感情か。これはぐじゅぐじゅに腐った、醜くて利己的な感情だ。わたしは自分のけがれきった恋心に、にがい涙をしたたらせた。

「あぁ、川村先生」

田中教諭が動揺したように、つぶやいた。その声にべつの響きがふいに混じったので、わたしは泣きながらも、いやな予感がした。わたしは旅人で、あれきり汚れた生活をしてきて、それで、男たちの声や表情の、微妙な色合いに敏感になっていた。わたしは欲情されたのがわかった。田中教諭がこちらに手を伸ばしてきて、背中を撫《な》でた。一時の、ただ走りたくて走りだすような、ほかにはなにも考えていないような、ビンとした衝動が伝わってきた。

「あなたは」

男がなにか言いかけて、やめる。

わたしは、くっくっくっくっ、と笑った。

それから、もう若くなくなった、醜くふけてきたわたしたちは、腐った果実を投げあうようにぐずぐずと、抱きあった。気持ちよくなるとひとりになるので、わたしは感覚が泡のようにぽわりと生まれるたび、ぐっと奥歯で噛《か》みしめて、飲みこんだ。いまのこの衝動がこの男のからだを二度と襲わないことが、なんとなくわかっていた。いまだけ。憶えておかなくては。ほしかったものがほんの一瞬、道ですれちがうように、袖すりあうように、たまたま手に入っている、このいまを。気持ちよくなど、なるものか。わたしはあらゆる感覚をみつけてはみつけては、奥歯で噛み潰《つぶ》して飲みこんだ。やがて感覚は消え、そこにはただ、夏の逆光ではっきりとは見えない、男という、永遠のおそろしい謎がまっくろい影となってわたしの痩せたからだに覆いかぶさり、揺さぶり続けていた。これが生涯、わたしの上に広がっているのだ。闇夜のようなものたち。男という、徒手空拳《としゅくうけん》の、死神たち。わからぬ。わからぬ。わたしはおまえたちがわからぬ。これはほんとうに田中教諭なのか。まるで世界中の男たちがわたしという女に覆いかぶさりがくがく揺さぶりながら、嘲笑《あざわら》っているかのようだ。感覚が消える。気持ちよいということがどういうことかわからなくなる。男たちよ。おまえがわからぬ。

情事の空しさに、暮れかけの夏の空をじっと仰ぎ見る。

男のほうはわたしと逆に、ただその感覚にだけ身をゆだねようと努力しているようだった。組みしく女が誰か。人としての関係性も、女の顔も名前も夏の空の彼方《かなた》に飛び去って、そこにはただ、いま女を抱いているという自負と、男の、恥じらいのようなものだけがあった。わたしは一分一秒でも長く、この時間がつづけばよいと思った。離れがたいので。この空しさもふくめて、あなたという男と、離れがたいので。

やがてことは終わり。とてもかんたんに、よくあるように、ことは終わり。わたしと男はべつべつに、それぞれが呆然と、つめたい廊下に寝転んでいた。日は翳《かげ》り、夏の、べたつく夜が近づいてきた。ホワイトグレーの空に、星がうっすらと浮かんでいた。弱さについてわたしは考えた。自分という女の、とてつもない、弱さと、あさましさ。男たちの衝動。やがて男はふらふらと立ちあがって、後悔しているのか、嫌悪しているのか、わたしを、いままで見たことのないひややかな視線でちらりと見下ろした。

「帰らなくては」

「……そうですねぇ」

わたしもうなずいた。外が暗くなると、男の顔がよく見えた。七竈の炭について語っていた、あの日の朴訥な青年とおなじ目をしていた。立ちあがって帰ろうとして、こちらを振りかえる。わたしはそれにうながされるように、ゆっくり立ちあがった。手をひっぱられて、校舎を出た。

校庭は暗く、あの七竈の木は風にそよそよと葉を揺らしていた。わたしはその幹にもたれた。ため息をついた。

「どうしました」

「わたし、もうちょっとここにいます。それから帰ります」

「あぁ」

男はうなずいた。

女のわたしには、ながい余韻があった。あぁ、なんと、つまらない情事。これまで幾多繰りかえしてきたのと同じ、空虚な時間。それでも、あなたがなごりおしい。もうすこしそばにいて。

男はズボンのポケットに手を入れて、そわそわとしていた。わたしは右手を上げて、追いはらうように邪険に、手を振った。

「田中先生は、もう帰らないと」

「……えぇ」

「わたしはね、ゆっくり帰ります。いまはもう少しこのまま、ここにいて、なんというか……人間の、わたしの、夜の弱さを見ていたいのです」

「夜の、弱さ……？」

「ええ」

男はうなずいて、ずっしりと重たくなったからだを引きずるようにして帰っていった。

目を閉じて、わたしは七竈の幹に寄りかかって、星空を見上げた。

自分という女のからだ中を、探してみる。探してみる。

どうしても、みつからない。

もうどこにも存在しない。

衝動が。欲望が。ここに触れてほしい、誰かに愛してほしいという願いが。もうどこにも見当たらない。

奥歯で噛み砕いて飲みこんだものは、ほかならぬこのわたしの肉体によって、消化され排出され、こころのどこにもなくなってしまった。

それに気づいたとき、わたしは涙を流した。

五月雨《さみだれ》のような。

七話　やたら魑魅魍魎

川村家の二階は、やたら魑魅魍魎《ちみもうりょう》。母、優奈がいないときのほうが遥《はる》かに多いこの家では、母のこども時代が、青春時代が、堕落の時間が残した地層が古いレコードやブロマイド、流行おくれの衣服などの形をとって積み重なり、まこと、重苦しい静けさである。わたし七竈はときおり、その地層を迷い、魑魅魍魎たちをみつけては、ひとつひとつを堪能したものだ。これは母に届いた手紙。これは母の高校の制服。これは乃木坂れなのグッズの山。これは……。

ほんのときおり、母がもどってくると、二階は母の居場所になる。毎日ぐぅたらと、あほな猫のように母は二階で過ごす。魑魅魍魎たちも、母をかこんで、命がないものたちにしてはどうもうれしそうである。

「おかあさん」

と、その冬の日。わたしが二階に上がると、母が地層の真ん中に座りこんで、むかしのマンガを読んでいた。なんどか呼ぶと、ほうけたように顔を上げて、「ああ、七竈」とつぶやいた。

「すこしは整理しようかと思って。片づけ始めたら、ほら、これが」

古めかしい少女マンガの表紙をこちらに見せて、照れたように笑う。

「なつかしくって読み始めたら、止まらなくなっちゃってね」

「降りてこないから、まだ寝ているのかと」

「いやね。寝てたんじゃないわ。ずぅっと起きていたのよ」

「昨夜から？」

母は、そういえば兎のように真っ赤な目を瞬《またた》かせて、うなずいてみせた。昨夜、玄関先であれこれと言い争いをしたことを思いだしてわたしは胸をぎゅうっと押さえた。母と争ったことなどあれが初めてで、なんのことやら、自分でもわからない。

誰も聞いていなかったけれど、聞かれていたら、はずかしい。母は気にする様子もなく、ぼんやりと部屋の中を見回している。

「どうしたの、おかあさん」

「あのね、わたし小学校の教員をしていたでしょう。ずっとむかし」

「わたしが生まれる前でしょう」

「そりゃあそうよ。それでそのころの、写真とか、日記とかがないかしらと思って探し始めたの。あのころの自分がなにを考えていたのか、知りたくてね。だってあまりにも遠いむかしのことなんだもの。でも、ひっくり返せば返すほど、この部屋ったらなにがどこにあるかわからなくなるのよ。あきらめちゃった」

「自業自得ですよ。こんなに散らかして」

「片づけってセンスだから、ない人にはないのよ」

「また、そんな妙な、いいわけを」

おや、とわたしは目をぱちぱちする。母も一瞬おいて、びっくりしたように目をぱちぱちさせてわたしを見上げる。こんなふうに、軽口でも母に意見したのは初めてである。

「なによ、あんた。まるで大人どうしみたいに」

「あら、ほんとに。どうしたことでしょう」

「高校を卒業するからって、急に大人みたいね。あんた、卒業したらどうするの」

母がわたしに興味を持ったような質問をしたので、びっくりして母を見下ろした。黒っぽいクマ。土気色に沈む顔。放蕩《ほうとう》の歳月に荒らされた、濁った瞳《ひとみ》。わたしは思わずしどろもどろになる。

「あの、おかあさん、わたしセンター試験も終わりまして、東京のですね、大学を、もちろん国立ですよ、学費もたいへんですし、東京の受験を控えてまして。飛行機に乗って受験に行くはずです。飛行機、乗ったことないんで緊張してますが」

「おかしな子ねぇ」

「あなたに言われたくは。……なにかへんでしたか、いまの」

「飛行機より、受験で緊張しなさいよ。あんたっておもしろい子。いっしょにいたら飽きないでしょうねぇ」

飽きるほどそばにいてほしかった人に言われて、わたしはむぅっとした。不機嫌になってぷりぷりと、床に散乱するマンガやら衣服やらを行儀わるく蹴飛《けと》ばして隅においやる。

「朝ご飯、食べてくださいな。おじいちゃんが、片づかないって」

と、丸まったセーターの山を蹴飛ばす。

「ご飯はなぁに？」

積まれたマンガを、蹴飛ばす。

「塩鮭と菜っ葉のお味噌汁《みそしる》。たらこのいいのもありますけど」

古いおおきな鞄《かばん》を蹴飛ばす。

「出してよ。たらこのいいの」

「もったいないけど、出します」

「もぅ、なにがもったいないのよ」

母が悔しそうに言う。「たらこをのせて、のりで巻いて、ご飯が食べたいわ。いやだ、こんなときにご飯が食べたいんだわ、わたしったら」とぶつぶつ言いながら、立ちあがる。

わたしを見て、また「……いやだ」と言う。

「なんですか。なにがいやなんです」

「あんたのほうが、もう背が高いのね」

「あらっ、そうですね」

わたしは母を見下ろして、微笑んだ。そういえば肩幅も、わたしのほうがしっかりと広い気がする。たらこのいいのを食べに階下に向かう母の足音を聞きながら、わたしはふぅっと吐息をつく。

よどんだ空気に気づいて、カーテンを開け、窓に手をかける。

窓を開けると一面の朝日。積もる雪を照り返して、せかいを白い光のかたまりのように見せている。

うぉんうぉん、と下で、ビショップが鳴いている。

きぃんと冷えた北風が部屋に吹きこんできた。わたしはぶるると震えて、すこぅしだけ我慢してからあわててまた窓を閉めた。


たらこのいいのをほかほかのご飯にのせて、のりで巻いては口に入れている母を、わたしはちゃぶ台の向かい側に頬杖《ほおづえ》ついてじぃっとみつめていた。熱い視線に気づいて母がなんどか、気味悪そうにこちらを見、目をそらし、ご飯をのりで巻いて、またこちらを見た。

根負けしたように、言う。

「なによ、あんた。わたしの顔ばかりじろじろ見て」

「いえ」

わたしは、祖父が台所から運んできたお茶に手を伸ばして、ごくんと一口飲む。熱い。

「おかあさんは、どういう人なのかなと思いまして。なにかわかるかと、半信半疑ながら、顔を見てました」

「顔を見てたって、どんな人かわかるわけないでしょ」

よどんだ瞳を揺らして、母が言う。ふんっと鼻を鳴らして、またご飯を口に運ぶ。

わたしは返事をせずに、荒れ果てた母の顔をみつめる。顔にどれだけ日々の澱《よど》みが滲《にじ》んでいるか、母にはわからないものなのだろうか。鏡はなにもうつさない。見たくないものは、なにも。

「おかあさん、乃木坂れなって憶《おぼ》えてます？」

「あぁ。アイドルの。大好きだったのよ、わたし」

母はわざわざ箸《はし》を箸置きにおいて、ひとくさり、乃木坂れなのヒット曲を歌ってみせた。

それからわたしをみつめて、

「それが、なによ」

「いえ」

「あの子どうしているかしら。まだ、あんなに、きれいなのかしら」

「会いました。まだきれいでした。サングラスで隠していたけれど」

「なんで会ったのよ？　七竈、あんた、わたしがいないあいだにいったいどこでなにしてるのさ？　へんな子ねぇ」

「スカウトにきたのです。いまは芸能プロダクションの社員になっていて」

「……ふぅん」

母はまるで同世代の少女のように、いうなれば緒方みすずのように、悔しそうな顔をしてみせた。「いいんじゃない。あんた、若いんだし」と言ったきり、すねているのか、黙ってご飯を食べ続けた。

それにしても母は、よく食べる。食べても食べても、のりで巻いて口に運んでも運んでも、いっこうに、左手で握るちいさな茶碗《ちゃわん》から、ご飯は減っていないように見える。不思議なことだ、とわたしは、母が口に運ぶ白いご飯を、不気味なもののようにみつめている。

「七竈、あんた、わたしの部屋をいじくりまわしていたでしょう」

「ええ。乃木坂さんのグッズを探していたのです」

「あんたのほうが、あの部屋の荷物には詳しいかもね。ねぇ、黒いスーツがなかった？」

「ありましたよ。奥のクローゼットの、中ではなく上に、放りあげてありました。ああいう放置の仕方はよくないと思います。スーツも、買い集めたグッズも、むかしの手紙や日記も、産んだこどもも、放り投げてふらふらと旅に出るのは。ほんとうによくないことですね。聞いてますか、おかあさん」

「うるさいわネェ、あんた、今朝はいったいどうしたのよ」

「じつは、おかあさんにからむのが、ちょっとばかり、楽しくなってきたのです」

「そりゃ災難だわ」

母はつぶやくと、よっこらしょ、なんて言いながら立ちあがった。わたしがそうっと覗《のぞ》きこむと、茶碗の中の、いつまでも減らないご飯は、いつのまにか空になっていた。ピンク色をしたたらこの粒がすこしこびりついている。祖父がそっと近づいてきて、茶碗に番茶を注ぐ。

　母は熱々の番茶を一気に飲むと、「出かけるわ」と言った。祖父が顔をしかめた。わたしも心配になって、

「どこに。なぜ」

「むかしの同僚がなくなったのよ。小学校の教員をしてたときに、となりの席にいた人でね。あ、そうだ。その人から七竈の木のことを聞いてね。それであんたに、その名前をつけたのよ」

「えっ。そんな大事なことを、なぜいままで言わなかったのです。どうしてわたしはこの名なのかと、眠れず考えたこともあったのに」

「じゃ、聞きなさいよ」

　母は笑った。

　それから歌うように楽しげに、節をつけて、

「七竈の木って言うのはねぇ。とても燃えにくくて、七回、竈に入れないと炭にならないのだって。ねぇ、人間にだって、それぐらい念を入れて燃やさなければ、あきらめきれない気持ちはあるわよねぇ。だけど七回燃やした七竈の炭は、とても上質なものになるそうだから。だからねぇ、七竈。わたしは、あのころ、七竈の炭になろうと思ったのよ。あんたが生まれるとは思いもしなかったけど、だから、それを生まれたこどもの名前にしたの」

母は澱んだ瞳で、わたしを見下ろした。

「炭、ですか」

うなずく。

「炭に、見えないかな？」

「よく動く炭ですね。あっちに、こっちに」

「結局、七回ぽっちじゃ燃えきらなかったものだから。いろいろ、あったのよ」

「そりゃ、そうでしょう」

わたしは番茶をごくりと飲んだ。

しばらくすると、黒いスーツに着替えた母が、踊るような足取りで階段を降りてきた。祖父があんまり心配そうにしているので、わたしは「ビショップの散歩に行ってきます」と上着を着て庭に出ながら、玄関からがらがらっと出てきた母の後に続いた。

ビショップは、まどろんでいたところを急に起こされて、散歩に連れだされたため、ちょっと目を白黒させている。わたしと、並んで歩く母をちらちらと見比べて、ちいさく、うぉん、と鳴く。

母がすたすたと歩いていくので、わたしは追いかけながら、聞いた。

「どこに行くのです」

「その人のお葬式よ」

「念のために聞きますが、行ってもだいじょうぶなのですか。おかあさんには、顔を出してはいけないところがたくさんあるでしょう。町中に、鬼門が。春の慶さんの披露宴のときだって、わたしもおじいちゃんも、内心、ひやひやしていたのですよ。いつ、見知らぬ女の人がやってきて、おかあさんの顔に辛口の白ワインでもぶっかけて走って逃げたりするのではないかと」

「ははは。おかしな娘《むすめ》。わたしよりずぅっと美しくて、ずぅっとさびしがりで、ずぅっと心配性」

「笑っている場合では」

母はにやにやした。

冬の終わりの、乾いた風が旭川の町に吹きつけている。雪が路上の隅にたまって、うずたかい、崩れかけの白い壁になっている。ビショップが寒くないかと問うようにわたしを振りむく。だいじょうぶですよ、とわたしはうなずいてみせる。

母が急に言った。

「ばれていれば、つまみだされるけれど。ばれていないと、思うのよねぇ」

「ん。なにがです」

「今日の、お葬式。ただ昔の同僚と思ってくれていると、思うのよねぇ。田中先生の、奥さん」

「田中先生？」

「あぁ、慶の披露宴にもきていたわ。ほら、多岐の。雪風のおかあさんの、兄なのよ。せまい町だからねぇ、誰かが誰かとかならず、誰かによってつながっているの。ねぇ、せまい、せかいねぇ」

「えぇ……」

わたしは、田中先生が誰だかわかったので、しょんぼりと肩を落とした。あの先生がなくなったのか……。それにしても、町中に母の悪い魔法がかけられていて、わたしは身動きが取れないようだ。せまい、せかい。ぎゅうんぎゅうんとおかしな音を立ててせかいは縮まっていき、ちいさなちいさなボールぐらいになって、旭川の雪の色、白いかたまりとなってわたしの手のひらの上にある。

縮まるせかいにわたしは身の丈を合わせられず、はみだしてしまっている。

わたしはビショップの手綱をぎゅうっと握った。ビショップがちいさく鳴いた。

「おかあさん、わたし、その先生に、小学校のときに習っていたことがあります」

「あらっ、そうなの。知らなかった気がするわ。どうしてかしら」

「いなかったからです」

「あぁ、そうね」

「ふつうの、よい先生でした。ちょっととらえどころがなかったですけれど」

「そうなのよね。でも、きっと、あんたに言われたくはないと思うわよ。あんたのほうがよくわかんないわ」

「それは、いっしょにいなかったからでしょう？」

「うるさいわねぇ」

おかあさんが、言い負かされて悔しそうな顔になった。わたしはちょっとだけ、うきうきとした。

「それでですね、去年、久しぶりに田中先生に会いました。バスの中で。おかあさんのことを聞かれたので、いまいませんと言いましたらですね」

「……なんて？」

「いまだ旅人なのですね、と言われました」

「……そう」

「七竈の木のことも、すこぅし、話しました。秋の収穫の季節になると、真っ赤な実をたくさんつけて誘うのですが、かたくって、とても食べられないそうです。渡り鳥などにも食べられないまま、やがて冬になって、雪が舞います。赤い実に雪が積もって、誰も食べられないかたい、かたくなな実は、真っ赤に輝いて、ただいつまでも美しい」

「へぇ」

「そして、そのまま朽ちるのだそうです」

「あんたみたいね」

母が笑った。

ビショップが、うぉん、と低く鳴いた。母がびくりとする。

「この犬、こわいわ」

「素敵な、元警察犬です。なにしろ正義の味方ですから。不正はゆるしません」

「あぁ、そう」

「ねぇ、おかあさん」

「なによ」

「わたし、赤いまま朽ちる、七竈の実にはなりません。わたしは熟して、食され、わたしを食って羽ばたいた鳥の、やわらかな糞《ふん》とともにどこか遠い土地に種を落として、また姿をかえて芽吹く。そういう女になろうと思います」

「決意表明。へぇ、そう。あんたにしちゃ、早いわね」

母が、スキップするようにして、楽しそうに言った。

「わたしは遅かったのよ。二十五歳でようやく、どう生きたいかに気づいたの。好きにしなさいな、七竈」

「おかあさんは、どうするのです」

「わたし？　わたしはねぇ……」

葬儀会場に到着した。

喪服の人々がしめやかに出入りし、静かな、さざなみのようなざわめきだけが聞こえてくる。母は足を止めた。

田中先生の名前が、墨でくろぐろと書かれている。母はぽかんと口を開けて、その文字をみつめた。

「わたしは、この人が死んだから、炭になっちゃった」

死んだ人のような声だ。わたしは急にぞっとする。

「もう、どこにも行けやしないわ」

誰かが短く、なにかつぶやくのが聞こえた。母を見て、会場にいる女の一人が、なにか言ったのだ。男も女も、一斉にこちらを見た。わたしは母のとなりでかたまっていた。

遺影のそばにいる、田中先生の妻らしき中年の女性が、みじかく叫んだ。

桂家の人々もいた。雪風の姿も見えた。うつむきがちにして立っている。

雪風の母、桂のおばさんがゆっくりとこちらに歩いてきた。初めて見る、黒い着物姿だった。

いつも笑みを絶やさない凛《りん》としたその顔に、今日は見たことのない険しい表情を浮かべていた。着物なのに、どうやって、とおどろくほどのはやさでおばさんは近づいてきた。まるで、見えないベルトコンベヤーに乗ってここまで飛んできたように見えた。

母は照れたように、片手を上げた。

「多岐。おはよう」

「おはよう、じゃないわ。優奈。いったいここになにしにきたの」

「田中先生がなくなったから。元同僚としてね」

「優奈、あんたがくると、町のおんなたちがいやがるわ。今日は帰ってちょうだい。お義《ね》姉《え》さん、きっと困るわ。ほら」

ふたりで、葬儀会場のほうを仰ぎ見る。

田中先生の奥さんらしき人が、じいっとこちらをみつめている。

ビショップがなぜか、短く鳴く。

「いいじゃない。お線香ぐらい」

「だめよ。帰って。甘えないで」

「あ、甘えてなんか」

おばさんが、母の手首をつかむ。

「いいこと？　優奈、言っておくけど、関わった男たちの冠婚葬祭に顔を出すなんてしないことね。ここは家族の領域よ。あんたは蚊帳《かや》の外。それからいまのうちに伝えておくけれど、桂くん……わたしの夫がもし死んでも、あんた、こないでちょうだいよ」

「多岐の夫がどうなったってどうでもいいわ。誰だってよかったんだもの。わたしにとって価値があるのは、昨日死んだ、彼だけよ。だから中にいれてちょうだい」

おばさんが拳《こぶし》を握った。

左手だった。きらりとプラチナの指輪が見えた。左手の、薬指。

拳が唸《うな》り、母の鼻っ柱にめりこんだ。母がぎゃっと叫んだ。もんどりうって、倒れて、起きあがりざまにおばさんに頭突きした。

黒いスーツの中年女と、黒い着物の中年女が、なぜだか乱闘になる。ビショップがうぉんうぉんと鳴く。わたしが、髪ふり乱し嚙《か》みついたりわめいたりするふたりをなんとか引き離そうとしていると、遠くから駆けてくる足音がした。

　誰かが、わたしといっしょにふたりのあいだに割りこみ、四苦八苦している。なんとか自分の母を羽交《はが》い締めにし、同じくおばさんを取り押さえたその人物はと見ると、雪風であった。

　久方ぶりに目をあわせる。

　どちらからともなく「あっ」とつぶやき、目が離せなくなった。

　雪風が先に、表情を変えた。切れ長の瞳を細め、微笑んだのだ。

　わたしも笑いかえそうとして、くしゃくしゃの泣き笑いになった。

　なんと入り組んだ、ちいさな、せかい。握りしめればぐしゃりと割れる、手の中の卵のような、しろいちいさな、壊れやすい、せかい。わたしは、はみだしていると感じていた自分が、するりとそこから外に出ていくのを感じた。

　微笑む雪風の姿が、縮んでいく。雪風はしろいちいさなせかいに残る。わたしはもう、そこにはいられない。葬儀会場から、たくさんの人の目が、目が、目がこちらに向けられている。わたしは泣き笑いする。

　さよなら、雪風。

　つぶやくと、雪まじりのつめたい風が吹いて、コートを羽織っただけでうちを飛びだしてきた薄着のわたしを、ぞくぞくっとさせる。雪の風が、また吹く。責めるように。

大学受験のためにわたしが、初めての上京をしたのはそのつぎの週のことだった。鼻にちいさな白いギプスをした母が、ふてくされたような顔をして、「いってらっしゃい」と玄関でわたしを見送った。ここしばらく、めずらしく母はずっと家にいて、なぜだか台所でごしごし米を研いでみたり、二階の魑魅魍魎の片づけなどをしたりしていたようだった。

空港から飛行機に乗ると、そのしろっぽい、へんな形をした鉄のかたまりは、機体を雪の風に揺らされてぐぅん、としなった。がたがたと不穏な音がして、わたしは、こんな無粋な乗り物に乗っていく自分が奇妙にみじめな気がした。飛行機は雪の降りしきる中を飛んで、飛んで、飛んだ。

機内にいるのは、東京に向かう北海道の人間と、東京にもどる旅行者に、くっきりふたつに分かれていた。旅行者からは都会の、浮ついた匂いがした。着ている衣服の色もカラフルで、話すことばは早口でリズミカルだった。わたしは都会を憎むような心持ちになり、おや、これからそこに住もうとしているのになにを考えているのかしら、と自分が不思議になった。

窓際の、翼のすぐ横の座席に座ったわたしを、となりの席の大人や、通路をはさんだ向こうの席のこどもが、じろじろとみつめていた。わたしは長い黒い髪でこのかんばせを隠そうと、うつむいて、見たくもないのに窓の外をじぃっと睨《にら》みつけていた。

十分、二十分、三十分……。時が経つうちに、わたしは違和感をおぼえて、四十分ほどが経ったころついに意を決して、顔を上げた。

東京に近づくほどに、機内の人々はわたしのかんばせに興味を失っているようだった。みなそわそわとし、手帳を出してなにか確認したり、トイレに立ったり、互いに小声でささやきあったりしていた。みんな自分の用事で殺人的に忙しいといった様子だ。わたしは、自分がぜんぜん美しい顔をしていないのだ、という想像をしてみた。誰もじろじろ見ない。興味を持たない。広島やくざのごとき七竈会などできない。それは、素敵な生活であった。

空港に降り立ち、せわしなく歩きだした人波に押されるようにゲートを抜ける。人々の歩くスピードと、前しか見ていないような、猪の如き立ち振る舞いにわたしはおどろいた。都会とは、かくもせわしないものか。歩きだしたわたしは、床のコンクリートのわずかなヒビに蹴つまずいて、転んだ。後ろからやってきた人がわたしにぶつかり「ごめんなさい」と早口で言いながら、わたしに手を貸した。

「どうも」

つぶやきながら顔を上げると、その人は驚いたように、まじまじとわたしを見た。思わず目を伏せた。

その後も、歩いているときは誰もわたしを見なかった。予約していたビジネスホテルのフロントに立つと、若いホテルマンがじっとわたしを見た。また目を伏せたそのとき、背後から団体の客がやってきて、フロントがあわただしくなった。ホテルマンは流れるように自然に、わたしから目を離した。

そのあとも、喫茶店のレジなどに立って誰かと顔を合わせたときだけ、相手はわたしのかんばせに気づいた。じぃっと見るが、それは四、五秒のことであった。わたしは通り過ぎていく都会の人の一人であって、誰にとっても、二度と会うことのない見知らぬかんばせであるのだ。

奇妙な解放感があった。わたしはビジネスホテルで緊張もせずにひとり、ぐぅぐぅと寝た。それから翌朝、めずらしく雪が降ったとあわてる東京の人々を尻目《しりめ》に、慣れた足取りで雪を踏み、受験の会場にたどり着いた。

席に着き、筆記用具を出すと、辺りの受験生たちはやはり、一斉にわたしを見た。異形のこの顔を。だが、ちらちら見るものの、試験が始まるとそれどころではなくなった。自由の味に、ひそやかに興奮しながら、わたしはすべての問題に答えて、ペンを置いた。

試験会場を出てから、少しだけ、東京のデパートをひやかした。ほかに行くところがなかったのだ。この大都会で、どこに、どんなものがあって人々を飽きさせずに楽しませ続けているのか、わたしには皆目わからなかった。ただ、人の多さと、あふれるカラフルな製品と、テンポの速さに圧倒された。

ここにいたら、あっというまに年を取りそうだ。そして乃木坂れなのように、かつて美しかったもの、というべつの生き物に、あっというまに、なるのだ。

そう思うとわたしはうきうきとした。それこそ、生きるということのように思った。わたしは生きていなかったのだ。母の呪縛《じゅばく》に、囚《とら》われて。成就せぬ恋に、絶望して。ずっと凍りついていた。

雪を積もらせる、かたい、赤い実のように。

わたしはわたしの人生をなんとかしなければ。発車させなければ。もう、十八歳なのだ。

そうして受験と散歩を終えて、また白い無骨な乗り物に乗って、旭川に帰った。それから三日後、緒方みすずが訪ねてきた。


その日は、母がビショップの散歩に行き、祖父は近所のスーパーに買い物に行き、わたし一人でぼんやりと縁側に座っていた。

時が止まったような、この庭。

このまま永遠に、母も、あの凜々《りり》しいシェパードも、やさしい祖父ももどってこないように思われた。時は止まり、人々はみなひとりきりのまま。そんな不可思議な感覚に身をゆだねて、わたしはぼうっと口を開けて、ガラスの向こうに広がる雪の積もる庭に目を凝らしていた。ちょっとばかり、受験が終わって、結果を待つだけで、ほうけていたのだ。

そんな凍りついた庭に、ふいに生き生きとした人影が飛びこんできた。水玉模様のマフラーと、同じ柄をした毛糸の帽子。丸っこい瞳をくるくるさせて、わたしをみつけると、手を振る。

緒方みすずだった。相変わらず、姿を見ただけでかしましく感じる。わたしがあきれて見上げていると、みすずは勝手にガラス戸を開けて、庭から縁側に上がりこんできた。

黄色いブーツをせわしなく脱いで、わたしのほうをいたずらっぽく見て、

「またそんな、年老いた猫みたいに寒そうに、縮こまって」

「東京では、元気だったのです。人に当たったのか、帰ってきてから、こんな様子ですが」

「犬はどうしたの、先輩」

「母が散歩に連れていったのです、後輩」

「おじいちゃんは」

「買い物ですよ」

「そんなら、あなたとわたし、ふたりっきりね」

なぜかうれしそうに、みすずが言う。わたしが「そうですねぇ」とつぶやくと、勝手に上がりこんだ縁側でわたしのとなりに座り、膝《ひざ》を抱えて、その膝にちいさな頭を載せた。

「……どうしたのです？」

「用がないのにきては、いけない？」

「うぅむ。難しい問いですね」

「へへ。……合格、しそう？　ほら、その、受験」

わたしは物憂げにうなずいた。祖父がいないので、来客にお茶でも、とゆっくり立ちあがって台所に行った。なにがどこにあるやらよくわからないので、すぐあきらめて、冷蔵庫を開けた。ジュースはないので、しかたなく、冷凍庫に入っていたアイスキャンデーをふたつ握りしめて、縁側に戻る。

一本渡すと、緒方みすずはいやそうな顔をした。

「これ、いやがらせ？」

「どうしてです。あたたかな部屋で、雪景色を見ながら、こうやってアイスを食べるのです」

「桂先輩も、よくそうした？」

「……そうですね」

「そんなら、わたしも」

みすずは無理してアイスを頬張ると、すぐに、くしゃん、とくしゃみをした。

庭には溶けかけた雪が積もり、木々のはだかの枝から、ぽつん、ぽつんと水滴が落ちている。庭石を濡《ぬ》らすのは、溶けた雪のかけら。寒々とした景色を眺めながら、わたしはうなずく。

「合格、しそうです。手ごたえは」

「桂先輩も、北大、受かると思う」

「そうですか」

「よく受験勉強、してたもの。家にいると家族がうるさいからって、図書館にいたわ」

「おや。わたしも図書館によく通っていましたが」

「学校のでしょ？　桂先輩は市立図書館のほう。わたし、よく、一階の机で勉強している桂先輩を、吹き抜けの二階からみつめてたの」

「そうですか」

「ふたりはほんとうにばらばらになるのね。信じられない」

「信じていただかなくては」

わたしがつぶやくと、みすずは顔をしかめた。アイスキャンデーをなにかの敵であるかのように乱暴にかじっている。

その横顔を見ていると、ふいに、みすずがぽたたっ、と涙を流した。わたしはあわてて「どうしました、後輩」と言った。

みすずは振りしぼるような声で、

「さよなら、川村先輩。美しい人」

「な、なんですか、いきなり」

「わたしなんだか、青春が終わったような気がして。それで」

「こ、これからではないですか。まだ十七歳なのに」

「だって、先輩。十七歳から十八歳のあいだに、いったい人に、なにが起こるの？　わたしまだこれからだからわからないのかな。でもクラスの友達も、なんだか浮き足立っていて。急に恋に目覚めて、おとなっぽくなる子もいるし、長くつきあってたカップルが、別れたりもしたわ。進路を決めたり、いままで近かった友達を、急に遠く感じたり。びっくりするほどいろいろ変化するから、わたし、よくわからないの。川村先輩、ずっと、ここに、いてほしい」

「後輩……」

「どこからか、声が聞こえるの。もう、そんな季節だ、って。おまえも、この季節を、負けずに走りぬかなきゃ、って。でも、どこにむかって走るの？　わたしには夢がない。誰でも知ってるつまらないことしか知らない。わたしには夢がない。たとえみつけても、オリジナリティがない。かんばせも、ほぅら、こんなに平凡で」

「後輩。それは、みんなそうなのですよ。みんな、そういう自分と折り合いながら、きっと……」

とくべつではない自分と。とくべつすぎる自分と。みんな、自分自身とむきあって、折り合いながら、怒濤《どとう》のように変化していく季節なのだ。

きっと、少年も、また。

雪風も、また。

つぎに町で会ったときには、すれちがっても互いにわからないほど、少年もまた変化しているのかもしれない。そのときがきても、わたしたちには、わからないままだ。変化した自分こそが、そのあとの、唯一無二の自分なのだから。

いまのわたしたちは永遠に消える。

永遠に。

「いかないで、先輩。わたしをおいて、さきにどこかにいかないで。もしもわたしが一年後、東京に進学して再会できても、そのときはもう、いまの川村七竈先輩じゃないし、わたしも、いまの緒方みすず後輩じゃないわ。きっと、そう。いまのこれは、いまだけのもの。離れたら二度と会えない。先輩、いかないで」

「後輩……」

「わたし、だって、どうやって、どこにいけばいいの」

緒方みすずは、アイスキャンデーの残りをがりがりとかじって、飲みこんで、それからひっく、とまたしゃくりあげた。

庭でまた、溶けた雪がぽたり、と庭石に落ちた。

濡れて、かがやく。石に夕闇が突き刺さっている。

わたしは立ち上がり、居間いっぱいにひろがる、川村七竈の鉄道模型《ワールド》に目をやった。いっとう大切な、雪風以外の誰にも触らせなかった、キハをつかんだ。

キハ八兆M。

わたしと雪風を乗せて、あのころ、この雪海原をどこまでも走った、思い出の列車。

みすずがおどろいたようにわたしを見上げている。そのオカッパ頭の上にキハをのせてやると、キハは絶妙のバランスで、みすずの頭上でぴしりと平衡をたもった。

「あの……」

「キハです。キハ八兆M」

「キハ、ですか」

「ええ」

わたしは傍らに座りなおした。涙を拭《ふ》くみすずに、

「かつて、わたしと雪風を乗せて走りました。これをあの、くろぐろとした線路にのせて、走らせ、いつまでもふたりでここにおりました。鉄道模型《ワールド》の、こちらと、あちらに。しかし、もう乗る人はいませんからね」

みすずの声がふるえた。

「わたしも、乗せて、走るかしら」

「さぁ」

「う、動かないかも、しれないわ。わたし知ってるもの。川村先輩と桂先輩が、ふたりでずぅっと、模型で遊んでいたの。動かないかも、しれないわ。美しいものしか乗せて走らない。それがキハ八兆M。とくべつな少年少女だけのための乗り物。平凡な少女には入れないきらきらしたせかいの、くろい、夢の乗り物」

「やってみましょう」

わたしは居間に入ると、鉄道模型を動かし始めた。みすずもおそるおそるついてきて、頭の上にのせたキハを手に取り、びくびくしながら線路にのせた。

がたたん。ごととん。

がたたん。ごととん。

みすずの青春の憂鬱《ゆううつ》をのせたキハ八兆Mは、戸惑ったように左右に揺れながらも、ゆっくりと走りだした。みすずはくすっ、と笑った。

「こんなこどもっぽい遊びをしていたのね。ふたりの美しい先輩は。わたし、どんだけすごい人たちなのかと憧《あこが》れてたけど、なによぅ、年上のくせに、まるでこどもじゃないの」

「あっ、鉄道をばかにしましたね。これは奥の深い、すばらしいものなのです。まぁ、ともかくですね」

わたしはおそるおそる、手を上げた。

そして、かなしそうな、しかしこんなときも元気いっぱいの、不思議な、後輩のオカッパ頭に手のひらをのっけてみた。撫《な》でて、みる。

「このキハをお持ちなさい、後輩。そのぅ、あのぅ、はなむけ、です」

「青春の墓標にするわ」

緒方みすずはそう言うと、照れたように、にいっと笑った。

合格発表の日はそれからまもなく、やってきた。川村家はそう裕福ではないので、国立に落ちたら一年浪人するつもりでいたのだが、その覚悟のおかげか、運か、わたしはするりと合格し、晴れて春から大学生になることになった。

母がつられてうきうきとして、「あんた、イメチェンしなさいよ。あんたはきれいだけどやぼったいわ」と言いだした。いやがるわたしに、前髪を短くして、後ろの髪も軽くしろと、やいやい言う。

「なんです、後輩」

二階のやたら魑魅魍魎の部屋で母がうるさいので、わたしは母の前にすとんと座った。散らばる荷物の中から、母がもう何年も使っていない、しゃれたソーイングセットを探し出した。

「あらっ、そんなもの、あったの」

「ありました。おかあさん、お願いが」

「いやな予感がするから、ことわっておくわ。だって、あんたにお願いされたことなんて、ほとんどないんだもの」

「わたしの髪、切ってくれませんか」

母が鋏《はさみ》を受け取って、きょとんとした。

「どれぐらい？」

「ばっさりと」

「……いやよ。そんなに見事な髪、ばっさりなんてやれないわ」

「やってください。もういらないのです」

くろぐろとたたみの上にとぐろを巻く、わたしの長い髪。のばしつづけたそれを指さして、言いはる。母は抵抗していたが、軽くなりますから、と言うと、おそるおそる鋏を開いて、わたしの髪をはさんでみた。

「ねぇ、おかあさん。去年ですね、おかあさんの留守中に、へんな男が訪ねてきまして」

「へんな男？」

「ええ。おかあさんの知り合いで。なにか、いろいろと勘違いをしておられて。目が見えないせいで、わたしのこのかんばせが見えませんでね。だから、わたしを自分の娘かと勘違いしてしまったのです」

「……ふぅん。誰かしら。金原くん？」

「ちがいます。……金原ってあの、商工会議所のおじさんですか。ずっと独身の。おかあさん、あのおじさんとも！」

「はいはい、そうよ。絶句してないで話、続けなさいよ。気になるじゃない」

わたしは母のいんらんに歯軋《はぎし》りひとつしてから、話をもとにもどした。

「ともかくですね、その男がわたしに言うのです。自分のことを、ほんのすこぅしだけゆるしてくれないだろうか、と。そのときわたしは思ったんです。すべてまっさらにゆるせと言われると、人のこころはとてもせまいものだし、うなずきづらいけれど、でも、ほんのすこぅしだったら、なんでもゆるせる気がしてしまうなぁ、と」

「やさしい子ネェ」

「……ちがうんです。いえ、ちがうってわかりました。あれは、あの人が見知らぬ旅人だったからです。わたしにとっては、道を歩いていて肩をぶつけた人と変わりません。たとえほんのすこしと言われても、ゆるせない気がすることもあります。もっともっと重要なことなら。相手が血縁なら。愛も強い。怒りも、深い。わたし」

「なにが言いたいのよ。相変わらずぐずぐずとしゃべって」

「要するにわたし、おかあさん、あなたのことを生涯ゆるせない気がするのです。ほんのすこしだけなら、どうでしょうね。むりでしょうか。時が、解決するのでしょうか。いんらんなあなたを。なにも省みず、旅を続けたあなたを。ふふふ、どうでしょう」

「……どうかしらね」

じゃきん。

鈍い音がした。母が鋏を握りしめたのだ。刃と刃のあいだにはさまれていたわたしの長い、呪縛のような髪は、首の辺りでばっさりと切り落とされた。命を断ち切ろうとするような勢いで。母は激しく鋏をつかい、あっというまにわたしの髪を短く、男の子のように短く、してしまった。

じゃきん。

じゃきん。じゃきん。じゃきん。

じょきじょきじょきじょきじょきじょきじょきじょきっ。

母が、くっくっくっ、と笑っている。

「この生き方、娘にゆるされなかったら、ざまぁないわ」

「……わたしに理解してほしいのですか」

「いいえ。そうね、きっと」

母が鋏を床に放り投げた。

「きっと、尊敬してほしいのね。異なる生き方をするわたしを。誰よりも、血を分けた娘に」

「それは無理な相談です」

「時が解決するわ。ゆっくりと待つわ。あんたがわたしのようになるのを。わたしを仰ぐ日を」

「むだです、おかあさん」

わたしは立ちあがった。

ずるり、と長い黒い髪が、魑魅魍魎の二階の床に落ちた。黒い蛇の束のようにとぐろを巻き、命を失ってべったりと床に張りついている。

わたしもまた、この部屋で母を待つ、魑魅魍魎のひとつであった。

髪といっしょにおいていくのだ、と思った。母を。呪縛を。逃げるように階段を駆けおりて、洗面台の鏡を覗きこむと、おどろくべきことがあった。まるで少年のように短い髪。青白い肌。切れ長の瞳。悲しげな。薄ら寒い、かんばせ。

そこにいたのは雪風であった。

わたしは鏡をみつめて、そこに手を伸ばした。鏡の中に、雪風がいる。鉄道模型《ワールド》の向こう側にじっと座っていたときのように、雪風は悲しげで、なにかもの問いたげにこちらをみつめていた。

わたしはコートを着込んで、縁側から庭に出た。ビショップがいつものように、うぉん、と鳴いた。獣には、見た目のちがいなど関係ないのだ。匂いは、同じ。

そのことにほっとして、思わずしゃがんでぎゅうっと抱きしめると、ビショップからはふかふかとした、いつもの、獣のいい匂いがした。

そうして、そのあとわたしは、生まれてから十八年間を過ごした旭川の町を後にして、大学進学のために上京することになった。

母はあれきり家にいて、ビショップの世話をよくした。祖父は相変わらず、のんびりとしていた。東京で暮らすことになる、女子限定の学生会館に荷物を送った。すべてはあわただしくて、感傷は急に遠くなった。もう旅に出ようとしない母がこれからの日々をどう過ごすのか、すこし気になった。母は、親孝行するわよ、と言った。わたしは、ああ、そうなのですか、と答えた。

飛行機に乗って、また東京に行った。髪を短くしたせいか、じろじろと顔を見られることがすこし減ったように思った。空港に降り立つと、サングラスをかけ、黒い薄手のコートを羽織った梅木が待っていた。

「へぇ……。いいじゃないか」

短くなったわたしの髪をつまんで、ひっぱりながら、梅木が言った。

「垢《あか》抜けた」

「母に切ってもらいました」

「大人になる準備だね」

「ぇぇ、ぇぇ」

「ふむ。君が歌って踊ってウーロン茶をごくごく飲んでみせる、アイドルになるかどうかはおいておいて。一度、うちの会社にきてほしくてね。ふうん、この髪は、いいね。さて、行こう」

空港の外に待っていたハイヤーに乗せられて、わたしは窓の外に流れる、都会の景色をみつめた。ふいに梅木に、問いたくなった。

「梅木さん」

「なんだい」

「あなたのおかあさんは、どんな人ですか」

「いやな、女さ。ふふ」

梅木は苦笑しながら、つぶやいた。なにかに思いを馳《は》せるように遠くを見て、それから煙草をくわえた。火をつけて、真っ赤なルージュを塗った唇をへの字にゆがめてみせる。

「うちも、複雑でね。いろいろあったからね。わたしは十代を、東北地方のあちこちを転々として育ったんだ。いろいろなことに対して、見返したい、なんて恨んだから、歌って踊れる、アイドルになったのさ」

「そうですか。でもそれは、はるか時の彼方《かなた》のことではないのですか。それとも、梅木さんぐらい大人になっても、まだ気になりますか」

「いやな、女が？」

「ええ」

「ふふ」

梅木は笑った。窓の外で日が暮れてきて、都会はイルミネーションでどぎつくきらめいていた。梅木は煙をはいて、ルージュに染まる煙草を長い指でもてあそびながら、

「女の人生ってのはね、母をゆるす、ゆるさないの長い旅なのさ。ある瞬間は、ゆるせる気がする。ある瞬間は、まだまだゆるせない気がする。大人の女たちは、だいたい、そうさ」

「あぁ、なんてこと」

「はは、気にするな。旅は長い。これから君、いろんなものを得て、失い、大人になって、そうしていつか娘を産んだら、こんどは自分が、女としてのすべてを裁かれる番だ。ははは、だから、気にするな。……ほら」

梅木はわたしに、火のついた煙草をくわえさせてみせた。とたんにわたしは咳《せ》きこんで、涙をためて煙草をかえした。梅木はいつまでも、はははは、と笑っていた。窓の外で、色とりどりの落雷のように、人工的な光がちかちかと眩《まぶ》しく輝いていた。

「なに考えてる？」

と、梅木がわたしに聞いた。

わたしは、

「永遠に失った、少年のことをです」

と、答えた。

「……へぇ」

梅木はうなずいた。そして、それきりなにも聞かず、煙草をふかし続けた。

わたしはあの日、母に髪を切らせた日に、鏡の中に彼とそっくりの自分をみつけた後のことを思いだしていた。ビショップを抱きしめ、それからマフラーを巻いて、外に散歩に出かけた。そのあとのことだ。あの町の最後の風景は、いまださびしい雪景色だ。

灰色の風景の中を、わたしはビショップを連れて、いつもどおりの散歩をした。旭川のきぃんと冷えた町を、ゆっくりと歩いた。

凍った街路樹が風に震えて揺れていた。ばさり、と雪のかたまりが電柱から落ちてきた。

灰色の空に、早すぎる昼の月が浮かんでいた。

そのとき、歩く道すがら、うつむきがちにやってくる若い男とすれちがった。灰色のコートに、黒いブーツ。七竈の実と同じ、真っ赤なマフラーを巻いていた。その色に見覚えがあったので、わたしはふっと振りむいた。

若い男も、こちらを見ていた。それは大人になった雪風であった。見慣れた、切れ長の瞳。肩幅は広く、背ものびて、もはや少年とは呼べない、男の体格をしていた。わたしは初め、この旭川の時空がぐんにゃりとゆがんで、もう何年も先の、大人になった彼と出逢《あ》ってしまったのかと、不可思議な想像をした。

しかし、そうではなく。雪風はただ、ここ数ヶ月のあいだにぐんと成長したのだ。わたしを見下ろして、そう、かつての自分のような少年の如き風貌《ふうぼう》となったわたしを見下ろして、苦笑しながら近づいてきた。

「……雪風」

と、わたしは彼の名を呼んだ。

「七竈」

「わ、わかりませんでした。なんだか急に、背が、その、のびましたね」

「君は変わらないけれど、でも、髪が。一瞬わからなかった」

あんなにも近しい存在だったのに、気づかずすれちがおうとしたということに、わたしはぐっと、魂を傷つけられる気がした。雪風の顔もすこしゆがんでいた。

相変わらず、美しい。これまで見たこともないほど、美しい異性。惚《ほ》れ惚《ぼ》れとする、そのかんばせ。

のびた髪をかきあげて、わたしを見下ろす。

「北大……」

「あっ、受験。そう、今日が合格発表でしたね。雪風」

「合格したんだ。それを言おうと思って、川村家に向かっていたところ」

「あぁ、よかった。わたしもです。合格したのです。あなた、よく勉強していたと緒方後輩から聞いていました。よかった、です」

「あぁ」

雪風はうなずいた。

なんともやさしそうな笑顔をしている。わたしを見下ろして、ゆったりと微笑んでいる。

「お互い、私立はむりだろう。ぼくは大学を出たら、働いて、弟たちのために備えないと」

「平成の男も、いろいろと、たいへんです」

「なぁに、それ」

「いえ、その。なんでも」

「七竈、これでほんとうに、お別れだね」

雪風が、ほっこりと微笑みながら言った。そして、ふいに笑顔を凍らせた。分厚くなった胸におおきな両手のひらを当てて、撃たれた人のような顔をする。わたしにその両腕をのばしてきて、ぎゅうっと抱きしめる。雪風の胸の辺りに、おでこが押しつけられる。こんなにも身長差が。雪風がうめいている。

「だって、七竈」

「な、なんですか」

「髪を切って、そしたらそんなにぼくに似てしまうなんて。もう、いっしょにいられるわけがない」

「母をゆるさないことだけが、わたしの純情です。雪風」

「そんなら、ぼくは父をゆるさないことにする」

「約束です」

「約束だ」

「おわかれですね」

「七竈」

「雪風」

「七竈」

「雪風」

「七竈」

「雪風」

「七竈」

わたしたちはいつまでも、互いの名を、呼びあった。

これは、いったいなんだったのだろうか。

時の流れは、なにより大事なはずのものをすべて、容赦なく墓標にしてしまう。

それからわたしたちは、道を右と左に、わかれた。旭川の寂しい町角には、まだゆらゆらと雪が降っていた。

ビショップの手綱を握りしめて、わたしはいつまでも、彼を見送っていた。おおきく、大人の男のようになった雪風は、赤いマフラーを雪混じりの冬の風になびかせて、早足で歩き去っていった。わたしがみつめているのを、その背中は、知っていたようだった。ついに雪風はいちども振りかえらず、灰色をした路地の角を曲がって、そして、わたしの視界から永遠に消えた。

さようなら、雪風よ。

ゴージャス

フリルのドレスに、エナメルの靴。マイクを片手に髪かきあげれば、わたしはゴージャス。微笑みは、ほら、ラメの輝き。

わたし、乃木坂《のぎざか》れなと申します。


ほんの少しの時間、語ることを許されましたので出てきました。わたしはみなさまおそらくお忘れの人間、昭和の後半、アイドルというもの全盛の時代にいっときのスポットライトを浴びた、いわゆる十代のアイドルです。多忙な五年で美貌《びぼう》をなくしまして巷《ちまた》に消えました。わたしのかんばせは極上のラメの輝きをもっていましたが、あんがい脆《もろ》く、まつりが終わってみればつまらぬはかない花でした。

わたしのデビューは、住んでいました東北地方を、アイドルのスカウトキャラバンが都会から吹く風のように通りすぎたそのとき、風に乗って全国大会まで飛んでいったことから決まりました。そのコンテストの入賞者はあらかじめ決まっておりつまりは大手プロダクションによる台本のあるコンテストだったのですが、わたしは幸い、特別賞をいただいてデビューが決まり、あらかじめ選ばれていた入賞者のライバルとして、同時にレコードを出すことになりました。

ライバルとわたしは対照的な少女でした。ええ、それはもう。彼女は色白で華奢《きゃしゃ》で、小犬のような目をした童顔きわまる女で、裏ではもちろん煙草など吸ってやさぐれておりましたが、清純派として大々的に売りだされました。わたしのほうは目つきが鋭く顔は西洋風にくっきりしすぎ、背も高すぎたので、マネージャーとなった黒服の若い男に、

「ドレスにあわせて自分を変えるんだな、はは」

と小ばかにされ、最初のころはよく笑われました。あぁ、よく思いだします。彼は毎日のようにわたしの耳元で、くりかえしました。わたしが輝き始めるまで。一般人から、天上人《てんじょうびと》がはおる見えない羽衣をまとった、アイドルに成り果てるまで。耳元で、くりかえし。

「忘れるな、れな。君の微笑みは、ほら、ラメの輝き！」

わたしが着せられることになったフリルのドレスは夢のように柔らかくかわいらしいのですが、近寄ってみればおどろくほど安っぽい素材でできていました。下積みで地方を回っているときはともかく、売れ始めてテレビの歌番組に出るようになると、二度も三度もおなじドレスで映るわけにはいかなかったのです。使い捨てのような、ゴージャスに安い羽衣を身にまとって、わたしは歌い、踊りました。

ドレスにあわせて、顔が変わっていきました。微笑みは、ほら、ラメの輝き。わたしは

ゴージャス。瞳《ひとみ》がくっきりとして、十代らしくぷくぷくしていた顔の肉はそげ、シャープになっていきました。長い髪をポニーテールにして、ライバルとは対照的な、ちょっと不良な雰囲気で大人っぽい歌を歌わされていました。このような歌です。

フリルのドレスにエナメルの靴。
マイクを片手に髪かきあげれば、
わたしはゴージャス。

あなたに、逢《あ》いたいの。

しかしわたしにはじつは、逢いたいと思う〝あなた〟はとくにいませんでした。異性は焦がれる前に手に入ってしまいましたし、だからとくに要りませんでした。両親のことはうっとうしく思っていましたし、友人も流れすぎていくばかりでした。では、と、強いていえばあれです。わたしはずっと、自分自身に逢いたいと思っておりました。
東北地方を、金銭にだらしない親のせいで逃げるように転々とした子供時代から、わたしは大人にかんばせを褒められたり、同級生の女子に憎まれたり、異性に憧《あこが》れられたりし続けてきました。しかし誰もわたしの本質にふれたものはいなくて、それは他人を責めるようなことではなく、自分自身もまた、自分を知ることができずにいました。わたしは、どんな女であるのか？　ラメの輝きをもつかんばせに邪魔されて、わたしはずっとわからずにおりました。

輝く水の中にいるように、自分というものはいつも、歪《ゆが》んで、かすんでいました。だからわたしは、アイドルになってからは週に一度は、ゴージャス、ゴージャスと歌う自分の映像を事務所でマネージャーとともにチェックしながら、目を皿のようにして、フリルのドレスに居心地悪そうに包まれながらぶすったれて歌っている、自分の顔をみつめました。

ある冬の夜、マネージャーが画面を指差して、文句を言いました。

「目つきが悪い、れな。君はそこそこうつくしいのに、目だけが卑しい」

「卑しい？」

「田舎者の目だ。この目つきを変えないと、トップアイドルにはなれない。見ろ、レコードの売り上げもライバルにいつも負けている。いつまでも中途半端な人気だ」

わたしはよりいっそう、目を皿のようにして画面をみつめました。どきどきしました。フリルのドレスに、エナメルの靴。わたしはゴージャス。たしかに、マイクを握ってかわいらしい声で歌う自分の、ときおりカメラを見据える目つきは、画面の中でどこか浮いていました。遊園地でみつけたかわいらしい着ぐるみから覗《のぞ》く、中年アルバイターの目のようにジットリ、と濁っている。卑しい目つきを、うつくしいかんばせとラメの輝きで隠している。そのことに気づいてわたしはどきどきとし、マネージャーにぎゅっと抱きつきました。

「なんだよ？」

「わたしは卑しい！」

「れな、なんで喜ぶんだ。卑しいアイドルなど男はほしがらない。嘘でいい、もっと純真な目で歌えよ。もっと売れてみろよ。はは」

　地方都市でうつくしいともてはやされ、親の夜逃げに近い引っ越しのたびにキャラバンのようにまたべつの町に行っては、もてはやされ、をくりかえしていたわたしは、マネージャーが毒のある声で指摘した目つきの卑しさに、救われたような気がしました。それを教えてくれたマネージャーに感謝と、奇妙な共感を得ました。美を見慣れた人の目には、粗が、よぉく見えるのでしょう。あぁ、わたしはそこそこうつくしいだけで、目が卑しい！　その夜わたしは、四《よ》ッ谷《や》駅前にあるプロダクションの一室で、夜中になってもずっと、自分の映像をみつめ続けていました。

　いつかこのうつくしさを失ったとき、現れるのは、いままでついぞ見ることのできなかったわたし自身の本質が刻まれた、運命的な顔であろう。そう思うと、年を取り、消費されて、美貌を失う日が待ち遠しくてならなかったのです。若さで隠せるものも、月日は容赦なくあらわにするであろう。卑しく、醜い、乃木坂れなの老いさらばえた顔。その気配が、スポットライトを浴びてラメに輝く、歌番組の中の自分にありありとしていました。

　夜中になっても、くりかえし映像を見続けるわたしに、マネージャーは黒いコートをはおったまま、仕方なしにいつまでもつきあっていました。煙草を吸いながら、黙ってわたしの横顔をみつめていました。窓の外ではめずらしく、粉雪が降っておりました。ゴージャス、ゴージャス。いまだけの、悪い魔法のようにゴージャスなわたし。微笑んでも隠せない、黒く乾いた石のように、卑しい二つの目ん玉。

このころ、わたしたちアイドルを消費しているのは、日本中の大衆でありました。多くは子供たちで、小学生や中学生が、芸能界に憧れ、歌のふりつけを覚えていっしょに踊り、自身もデビューすることを夢見てスカウトキャラバンに応募書類を送りつけていました。しかし、都会の夜の喧騒《けんそう》にまみれて、テレビ局からテレビ局に走り続けるわたしたちのすぐそばにいる消費者はというと、親衛隊と呼ばれる若い男たちの集団でした。かれらの多くは高校生から大学生で、コンサート会場で揃いのはっぴを着て、野太い声でかけ声をかけたり激しく踊ったりをくりかえしました。どの顔も生真面目な、ふつうの青年たちのようでした。

わたしの人気はそこそこといったところでしたが、なぜだか狂信的なファンが多くおりました。親衛隊の人数と熱狂ではほかのアイドルの追随を許しておりませんでした。ところで親衛隊の中には彼らにしか把握できぬ厳しい序列があるようで、テレビ局からわたしたちが出てくるときも、前列、後列と立場の強いものから順に並んでいました。マネージャーとともに車に乗りこんで走りだすと、オートバイが左右をはさんで、わたしたちの乗る車を先導しました。つぎはどこに、なんの仕事で行くのかを、彼らはどこで調べるのかいついかなる時も熟知していました。アイドルを安全に仕事先に送りとどけるというのが名目でしたが、叫んだり、歌ったり、愛を告白しながら車の前後左右をはさんで暴走するオートバイはどれも危険運転気味であり、事故でも起こるのではないかとわたしとマネージャーは車に乗るたび、二羽の小鳥のように脅《おび》えていました。

「ご苦労さまです！　ご苦労さまです！　ご苦労さまです！」

　つぎのテレビ局に入るたびに、彼らは大声で叫びました。マネージャーは不愉快そうに、ちっと舌打ちをしました。彼らが舐《な》めるようにこちらを見る目つきに、わたしはぞくぞくとしました。消費されている。消費されている。はっぴ姿のマンイーターに毎日、頭から舐め食われている。ブラウン管越しでなく、直接なので、さらに自分の美貌が吸い取られてはやく、はやく、失われていく気がしました。高速回転で色あせる、ゴージャスなばらの花のように。テレビ局の前で、ふと、風におされた花びらの如くドレスをひるがえして振りかえると、彼らはうぉーっと雄叫《おたけ》びを上げました。れなちゃん、れなちゃん、と野太い声が夜空に響きました。黒服のマネージャーがわたしの腰を抱えるようにしてテレビ局のドアに押しこみました。外からはまだ、発作のような叫び声が響き続けていました。

　わたしこと乃木坂れなの住まいは、事務所からほど近い新宿、歌舞伎町《かぶきちよう》の隅にある古い高層マンションの一室でした。ライバルのほうは秘蔵っ子でありましたので、四谷近くのお屋敷町にある社長宅に下宿していたようですが、わたしは、若きタレントがつぎつぎ住まったらしき、ほんの一部屋の寮を割り当てられておりました。

毎夜、黒服のマネージャーに送られて夜の歌舞伎町をひた走り、ひび割れたコンクリがネオンに照らしだされる、さびしきビルの前で降ろされます。古いマンションですがセキュリティだけはきちんとしており、安心だとマネージャーは思いこんでおりましたが、しかし罠《わな》というものはどこにでもあるのでした。

デビューして二年目の夏。隣室の住人が、変わったのです。

空室になったのを狙いすましたのか、それとも前の住人と交渉をしたのか。隣室にはいつのころからか、とある若い男が住むようになりました。

マンションの壁は思いのほか薄く、これまでも夜、隣室の住人の気配などは伝わってくることがありました。しかし、新たに引っ越してきた男は、固唾《かたず》を呑《の》んだように、あまりにも静かに最初の数日を過ごしました。わたしは誰かから電話がかかってくることもなく、テレビを見ることもなく、物音を立てずに暮らしておりましたので、隣室にやってきた男は、次第に壁の薄さを意識しなくなったようでした。そうして、電話をしたり、テレビの歌番組を見ながら独り言を言ったりするようになりました。

その声に、わたしは確かに聞き覚えがありました。考え続けていてふと、風呂《ふろ》に入っているときに閃《ひらめ》いて、がばりと湯船から立ちあがったのです。

あぁ、あの声は。

「ご苦労さまです！　ご苦労さまです！　ご苦労さまです！」

いつも雄叫びを上げている、親衛隊の一人にちがいありませんでした。揃いのはっぴのせいもあり顔はうろ覚えでしたが、声はよく記憶していました。いちばん前で、先導をとっている男、おそらく親衛隊長と思われます。たしか痘痕《あばた》の散る顔をした、大柄な男でした。

それが、いま隣にいる。薄い壁隔てて、すぐそこに。

毎晩のこと、わたしが帰宅すると、程なくしてその男も隣室に帰ってくるのでした。やがて、薄い壁越しに電話で誰かと話しているのが聞こえるようになりました。「本日も、れなちゃんは無事に帰宅です……。不審者がこぬよう、朝まで寝ずに見張ります……。では、お疲れさまでした」不審者はあなたでしょう、と思いながらもわたしは、事務所の人間にそれを告げることなく、なぜだか彼を放置しておりました。夜毎、車を降りてマネージャーに挨拶《あいさつ》をするとき「なにか気になることはないかい」などと聞かれても、わたしはすこし迷うものの、「……なにも」とただ首を横に振りました。そうして、不審者と壁一枚しか隔てられておらぬ部屋に、黙って帰っていくのでした。

薄く、あちこちひび割れた部屋の壁の向こうに、自分を守っているつもりの不審者が一人。それはじつのところ、わたしを奇妙になぐさめたのでした。おそらく、しだいにわたしは孤独になっていたのでしょう。四枚目のシングルレコードがようやくスマッシュヒットとなり、子供用の甘口カレールーのコマーシャルが転がりこんできたころのことでした。こましゃくれた子役たちと一緒にカレーを一口食べて、おいしい、と微笑む、その笑顔はラメの輝きとカレーの香辛料の匂いが入り混じっており、目はというと、相変わらず、卑しく濁っておりました。あぁ、わたしは年をとる。時は轟音《ごうおん》を立てて流れていく。わたしを覆うラメには歌やコマーシャルや水泳大会や、さまざまな匂いや汚れが付着してどんどん不純に濁っていく。そう思うと、もうすこし、もうすこしで自由な醜さを得るのだと、時が経つのを待ち焦がれる思いでした。

もっとも忙しかったこの時期。

ある夜のこと。

あまりに時の流れがゆっくりとべたついて感じられ、辛《つら》くて辛くて眠れなくなりました。そういう夜がこのころはとても多かったのです。ズブロッカのグラスを片手にベランダに出て、わたしはネオン瞬く夜の歓楽街を見下ろしていました。酔客のあいだを、わたしによく似た、ラメの輝きをもつ野良猫が数匹、うろついておりました。この辺りには、もとは血統書付きであっただろうバタくさい異国の高級猫が、いたずらに飼われて捨てられたのか、たくさん、薄汚れたみじめな姿でうろついておりました。毛皮のコート姿のお姉さんに抱かれている飼い猫と、泥まみれの野良猫、どちらも素敵な毛模様と硝子玉《ガラス》のように華やかな目玉、つまりはラメの輝きをもっておりました。

隣室のベランダから、人の気配がしました。息を殺し、気配を消しながら、汚れたトタン一枚で隔てられたベランダの、あちら側から、わたしをジットリとみつめておりました。

わたしはズブロッカを一口。……もちろん未成年でありましたが。瓶ごと持ってきて、ぐいぐいと飲みながらつぶやきました。

「おいおい、親衛隊」

あぁっ、と息を呑む音がしました。気づかれていないつもりだったのでしょう。わたしはラメの微笑みを浮かべて、

「おいおい、親衛隊。わたしはあなたたちが好きだよ」

「……」

「だって、あなたたちはいつもわたしと一緒にいて、それで……わたしと一緒に年をとってくれるんだもの」

「……」

「わたしはひとりぢゃないかもしれない」

「……れなちゃんが」

しゃがれた声がしました。声援のしすぎでつぶれ、緊張で震えておりました。

「れなちゃんが、ベランダに出てくるなんて、めずらしいから。出てこないかなとずっと想像していたけれど、いざ、出てきたら、うれしくなくって、それより、もしやこっから飛び降りるんじゃないかと想像して怖くなって」

「おかしなことを」

わたしはグラスをかたむけて、ははと笑いました。トタン板の向こうから、男の目だ

け が、伏し目がちに瞬いておりました。

「……れなちゃんが年をとるなんて、考えられない」

「とるさ。ほかの人より、はやく。ずっとはやく」

グラスの中で、ズブロッカの液体がゆっくりとべたつきました。

わたしはゴージャス。

わたしは高速回転でしおれ、散り、消えるばらの花。

ネオンが瞬いて、呼びこみの声やおねえさんたちの嬌声《きようせい》も遠く聞こえてきました。それきりわたしはなにも言わず、グラスを空けては、飲んでいました。


ある夜のこと。テレビ局で化粧をしていると、めずらしくとなりにライバルが座りました。煙草を片手に、鏡越しにこちらをみつめる目がいつになく曇っていたので、めずらしいことですがわたしは話しかけてみました。

「どうしたの」

「華やかで、なんだか疲れちゃったよ」

ライバルは文芸映画の主演も控え、いまや時の人となっておりました。屈託なく、小犬のような目を見開いて、

「忙しくってさ、半年がまるで十年みたいに感じるの」

「それなら、年とってからはいやんなるほど長い時間になるかもしれないじゃない。その

ときを楽しみにしようよ」

「……れなちゃんったら。怖いこといわないで。それに、おばさんになったときのことなんて、わたし考えたくない」

「へぇ」

気のない返事に、ライバルは不満そうに煙草の煙を吐きました。「れなちゃんは平気なんだね。わたし孤独だわ」それからとつぜん涙を一粒、零《こぼ》しました。通りかかった男のアイドル歌手が、ハンカチを取りだしてライバルに渡しました。ライバルはしばらくぐすぐすと泣いておりましたが、しかしその後、揃って出た歌番組で、カメラが回ると嘘のようににっこり笑って、元気に歌いだしました。かわいいちいさなオルゴールのような姿でした。

その夜、わたしもまた涙を零すことになりました。テレビ局から、ラジオ局へ、雑誌の撮影へ、と忙しく飛びまわり、夜中にようやくマンションにもどると、部屋の中に、母がおりました。わたしと両親の事情をあまり知らぬ事務所の人間が、未成年であるわたしの部屋の鍵《かぎ》をあらかじめ親に渡していたのでした。言葉少ななわたしに、母は金の無心をしました。わたしの両親は借金を作ってはキャラバンのように東北地方を移動し続ける愚かな夫婦でしたが、その生き辛さの根底にあるのは、娘のわたしが思うに、彼ら自身が語るような人の良さや不器用な生き方などではなく、とても利己的な、そのこころでした。己の利益にしか思いがいたらず、欲の皮がつっぱっており、それで毎回、うまい儲《もう》け話にだまされては自在に転がされてしまうのです。その夜の母も、とても利己的でありました。百万、二百万という額は、少ない給料で睡眠時間も取れぬほど働かされているわたしには工面できるものではありませんでした。母は激昂《げきこう》しました。玄関先に立ったわたしに手を上げたので、わたしは短い悲鳴を上げました。

隣室のドアが開く音がして、親衛隊長が走ってきました。わたしの部屋のドアを開け、母の手をつかみました。母が驚いたように、泣くのと、叩《たた》くのをやめると、親衛隊長は舞台の黒子の如く暗い影をまとって、足音もなく、声もなく、隣室にまた消えました。痘痕の散る顔の幻影がしばらく、玄関先にただよっておりました。

わたしはショックを受けておりました。親衛隊長はいま、壁の薄さにも気づいたことでしょう。わたしが、幸福であまやかな、夢の世界の住人でないことにも気づいたことでしょう。生身の不幸を、恥と感じたのでした。わたしはうなだれて、屈辱に震えました。

母がおそるおそる聞きました。

「いまの男は、誰よ」

「……誰でもいいでしょう！」

わたしは答えました。母の顔は不安そうで、すこし母親らしく、娘の住まう場所を案じているような、べっとりとした温かみがほんの一瞬、幻の如くかいま見えました。

「だって、だって、誰よ。知りあい？」

「あれはわたしよ！　わたしの影！　わたしを守ってるの。不審者がこないように。わたしが幸福でいるように。だから、わた、わ、わたし、は……」

わたしは誰でしょう？

ラメの微笑みはもうひび割れていました。古いコンクリの壁のように。涙が一滴、零れたら止まらなくなりました。玄関にうずくまってみじめな獣のように泣いていると、母は再びあつぼったい欲に囚《とら》われた声をして「あんたばっかり、いい思いをして」と言いおいて出ていきました。

背後でドアが乱暴に閉まる音がしました。

そのままわたしは、黙って膝《ひざ》を抱えていました。薄い、ところどころひび割れた壁に寄りかかり。恥と怒りで、身じろぎもできずにおりました。

するとやがて……隣の部屋で、わたしのレコードがかかり始めました。わたしを許すように。

甘く、やさしい、その歌声。聞いているとこころが軽く、やわらかくなっていくようでした。しかしこれは誰の声でしょう？　ささくれだち、親を恨み、美貌をうとむ、醜い己の声とはとても思えません。天上の声。けしてうまい歌ではない。むしろへたで、たどたどしい。音程はときどきすこしはずれてしまっている。しかしこころを撫《な》でる、やさしい手のひらのようにやわらかい、わたしの声。

わたしは誰でしょう？

かすれた声で、壁の向こうに、サンキュ、と言いました。向こうから男のささやきが聞こえた気がしました。(君の声は、ぼくたちを勇気づけてくれるから……)ほんとうでしょうか。わたしは自分の、なぜだか卑しい二つの目ん玉のことを思いました。それは果して、ほんとうでしょうか。

窓の外でゆっくりと雨が降り始めました。わたしは、悪態をついて出ていった母のことを思いました。金の無心をしにきた、心醜い母のことを。母は、傘を持っていなかったかもしれない。このつめたい雨に濡《ぬ》れてしまわないだろうか。いい気味だと猛《たけ》る思いと、心配する気持ちにひきさかれて、わたしはまた床に倒れふし、隣室に聞こえるのもかまわず、さめざめと泣いたのでした。

壁越しに、(れなちゃん、れなちゃん……)と低い声が続いていました。見えない誰かが、わたしを呼び続けておりました。卑しい目をした、醜いわたしを。

年をとって、うつくしさを失ったときこそ自分の人生が始まる、自分をみつける、というわたしの思いを、このころ、鼻で笑った女がおりました。

若いころコケティッシュな魅力で売った女優で、ちょうどわたしの母ぐらいの年齢でした。テレビ局で、鏡に向かっておしろいをはたき、はたき、皺《しわ》の奥深くまではたきこみながら、その女優はわたしを鼻で笑いました。

「あらあら。若い子って、奇妙なことを考えるもんねぇ」

「そうですか」

「すごぅくへんよ。自分が雌だってことをいやがったり、きれいなのにわざと小汚いファッションをしたがったり。奇妙なことね。あたしはそんな愚かじゃあなかったわ。二十歳のあたしはバービーみたいにぴかぴかだったのよ。知っている？」

「はぁ」

「あのねぇ、お嬢ちゃん。教えたげるわ」

皺に白い粉がたっぷりつまった顔をこちらに向けて、女優は笑いました。

「若い女ってだけで、たしかに、人間扱いされないってこたぁ、あるわ。大人にちやほやされるけど、居心地悪いってことはね。だけどだからって、年をとったら、人間になれるわけじゃない。世間ってものは女に厳しいものよ。若い女は、若くなくなったら、ただ、若くない女になるだけよ。ただの、格落ち」

「……そうですか」

「年とったって、人間なんかにゃなれないわよ」

口紅を塗り始めました。ひび割れて乾いたその唇にのると、ラメ入りの紅の発色は濁って、赤黒く輝きました。そのかんばせはたしかに醜かったのです。化粧を終えた老いたるバービーは、鏡越しにひたとわたしを見ました。そうして立ちあがりながら、わたしの横面をいきなり、軽く叩きました。

「いたい！」

「あんた、あたしにそんな話をするなんて。あたしをなめているんでしょう。年とった女を前にして。せせら笑って。あんたって、いやな子ねぇ」

「そういうつもりじゃあ」

「ほんとうに、いやな子ねぇ」

わたしのかんばせをみつめ続けながら、くりかえします。そのバービーの唇は紅色のラメが塗りたくられて、それは鏡越しに黙って見上げるわたしには、老婆のよだれと、見えたのでした。


それから時の流れは轟音とともにはやまり、わたしはテレビドラマに出たり、また歌を歌ったり、むやみに踊ったりしました。もともと大柄であったのが、成長期がまだ終わっていなかったらしくさらに背が伸びて、肉が落ちると顔はくっきりとし、アイドルというには大人すぎる容姿になってしまいました。

黒服のマネージャーは、わたしから離れて新人育てに回りました。全盛であったアイドル文化は、次第にロックバンドやシンガーソングライターに押され、レコードの売り上げもわたしだけでなく、みんな一緒に、ゆるやかに下降していきました。ライバルが、男性アイドルと結婚して引退することになりました。

隣室には相変わらず親衛隊長が住まっておりましたが、彼はどうやら仕事に就いたらしく、忙しさにまみれるようになりました。さらにしばらくすると恋人ができ、壁越しに少女のかわいらしい声が漏れ聞こえてくる夜もありました。

時は流れ、ばらの花は、しおれながらくるくると回り続けました。

ある日、テレビ局で、マネージャーであった黒服の男が、ふらりとわたしの控え室にやってきました。わたしはつまらないクイズ番組に回答者として出るために、そこにいたのです。なんの用かと思えば、事務所からの使いでした。それはVシネマに出ないかとの誘いでした。元アイドルたちのほとんどが童顔で小柄である中、わたしだけは大人びた容姿をしていました。任侠物《にんきょう》にでも出ないかと言われて、わたしは首を振りました。

「潮時だと思うのよ」

「……へぇ。自分でそう思うのなら、そうなんだろうね。はは」

「ねぇ、聞きたいのだけれど」

わたしは、さいきんずっと、カメラの前以外ではかけ続けているサングラスを、ゆっくりと取りました。マネージャーの顔を覗きこんで、

「あなた、わたしの目が卑しいって言ったけれど。ねぇ、いまでもそう?」

マネージャーは真剣な顔をして、わたしをみつめました。

それからゆっくりとうなずきました。

「あぁ。いまでも。君はずっと、目が卑しい」

わたしは、ははは と笑いました。それで、彼に、わたしはもう引退するわよ、と宣言をしたのです。

控え室の大きな鏡に、自分の姿が映っていました。あれからわずか五年。わたしはまだ

二十歳をすこし過ぎたところでしたが、肌は乾いて、すでに硬く荒れ始めていました。引退すると決めたとたんに緊張が解け、このとき一気に目の周りの皮膚がくぼみました。自信をなくして弱々しく微笑むと、笑顔はまるではげかけたラメのようでした。鏡越しにじっとみつめて、その変化を認めると、マネージャーはまず怒ったように唇を引き結び、それから目を伏せました。でも、わたし自身はというと、ふっと自由な風が吹きすぎたような気がしていました。

　この時がくるのを、待ちわびていた。これからようやく、生き始める。

　肩で風を切って控え室を出て、廊下を歩きだしました。すると向こう側から、バービーみたいにぴかぴかの老婆が歩いてきました。わたしは目を見開いて彼女を見ました。あの往年の美人女優。いえ、老婆と言いましたが、御年はまだ五十前でしょう。彼女はビックリしたような表情のまま顔が凍りついていました。整形をしたのだとわかりました。肌はつやを得ましたが、表情は能面のように動かず、見開かれた目も、陶器のように輝く鼻柱も、人工的にぴりりとひきつれていました。絞られた肉は、タイトなドレスに押しこまれておりました。

　おぉ、醜い！

　わたしは嫌悪で叫びだしそうでした。目が合うと、薄汚れてつやを失ったわたしを、女優は勝ち誇ったように見下ろしました。捨てられてしまった、その女優の脂肪や、ふるい傷んだ肌にわたしは思いをはせました。そこにこそ彼女自身、女そのものが在ったのではないか、それを自ら捨ててしまったのだ、とあきれながら、目礼して、すれちがいました。わたしは人工的に顔を変えはしない。思うままに荒れ果て、ひび割れた、よるべなき、若くない女の顔になる。生きるものが誰もやってこない北の大地のように、顔を乾いた滅びの風にさらそう。それこそがわたし。わたしという存在。そうして初めて、わたしはいつか己のかんばせを得るのだ。

引退が決まり、そうとなれば未練もなく、部屋を出ようとさっそく荷物をまとめ始めました。持っていくか、捨ててしまうか迷う荷物がひとかたまり、ありました。わたしの、いえわたしが演じたラメの木偶《でく》、乃木坂れなのレコードやグッズです。わたしはしんみりとレコードを荷物に入れることも、ゴミ箱に捨てることもできず迷いながら、わたしはしんみりとレコードをかけました。

フリルのドレスにエナメルの靴。
マイクを片手に髪かきあげれば、
わたしはゴージャス。

あなたに、逢いたいの。

ベランダに出て、ズブロッカのグラスをかたむけました。今夜も街のネオンが瞬いていました。

レコードはくりかえし、わたしのつたない歌を流しておりました。しかし、そういえば、相変わらずわたしには、歌詞にある、逢いたい〝あなた〟はおりませんでした。ライバルのように業界で恋をすることもなかったし、引退してからもつきあいが続くような友を得ることもありませんでした。親のことはといえば、相変わらず憎く、うとましく思っていました。自分のことだって、よくわからぬままでありました。

けだるく部屋にもどり、鏡を出してきて、自分の荒れつつあるかんばせをじっとみつめました。乾いた顔の真ん中で、最初からずっとそこに在った、卑しい二つの目ん玉が光っておりました。わたしは誰にも興味を持たず、愛さずにきた。それはきっと、わたしが誰よりうとむ両親、とても利己的なこころを持つ彼らに、結局のところわたしという女がよくよく似ているからなのかもしれません。己のことしか考えず、関わらない。卑しさの原因はそこにこそあったのかもしれない。あの黒服のマネージャーには、ラメの輝きのおくにある、わたしの本質が最初から見えていたのでしょうか。

あぁ、わたしは本物ではなかったのだろう、とふと思いました。

しかし、あのころ、そこそこうつくしかったはずのわたしが本物になれなかったのだとすれば、本物のかんばせとは、ほんとうにうつくしい、歌って踊る、選ばれた少女とは、いったいぜんたい、どのような人間なのでしょうか。

――いま初めてわたしは、まだ見ぬ他人に興味をもちました。

どのようなかんばせが。どのようなかんばせが。

呪文《じゅもん》のようにくりかえすと、わたしは長くかかずらってきた薄もやを出て、ゆっくり歩きだす思いになりました。

そうしていよいよ部屋を明け渡す日。またもやこの部屋には、事務所がみつけた新しいアイドルが入るのだろうと顔を歪め嘯《うそぶ》きながら、わたしはドアを閉めました。その子は本物のかんばせを持つのだろうか。それとも、わたしのような華やかな木偶であるのか。己のこころに浮かんだすこしの興味をまた新鮮に感じ、玩《もてあそ》びながら、ゆっくりと歩きだそうとしました。

そのときわたしは、とあることに気づきました。

いつのまにか、隣の部屋からも人の気配が消えていたのです。

それはいつからだったのか。

気づかなかった。

隣は、空き室になっておりました。

古いマンションは人気もないのか、つぎの住人が入居することもなく、乾いた北の大地のように、部屋はうち捨てられておりました。ドアをそっと開けてみると、中には荷物のひとつも残っておらず、がらぁんと冷えておりました。

そっと一歩、足を踏みいれてみました。からっぽの部屋の真ん中に、わたしのレコードが一枚、おいてありました。

忘れていったのか。

わたしごと、おいていってしまったのか。

立ち尽くしていると、ふと、いつかの夜に聞いた、あの声が耳によみがえってきました。

(君の声は、ぼくたちを勇気づけてくれるから……)

(れなちゃん、れなちゃん……)

すこぅし感傷的になって、わたしはつぶやきました。

「おいおい、親衛隊。わたしはあなたたちが好きだよ」

その気持ちはほんとうです。

「だって、あなたたちはいつもわたしと一緒にいて、それで……わたしと一緒に年をとってくれるんだもの……」

年をとったあの痘痕の男は、どこにいったのでしょうか。

年をとったわたしは、どこにいくのでしょうか。

わたしはひとりぼっちになりました。

日が翳《かげ》り始めたその部屋の、カーテンもなにもない、わたし自身のようにからっぽの部屋の、窓に、己の姿がぼんやりと、亡霊の如く浮かびあがっておりました。わたしはじっと、乃木坂れなとみつめあいました。こそげた、頬の肉。服の上からでも、豊かでないことがわかるふたつの瘦《や》せた胸。うっすらと浮きあがる、乾いた鎖骨。

微笑めば散る、ラメの欠片《かけら》。

思いのまま、はやく、はやく年をとった、青白い、絶望のこのかんばせ。

からっぽの部屋でわたしは、いたずらにつぶやいてみました。歌うように。呪うように。

ちいさく。


わたしはゴージャス。

解説

古川日出男

アサヒカワ。北海道第二の都市であるその土地・旭川の、郊外に、この小説『少女七竈と七人の可愛そうな大人』の舞台は用意されている。アサヒカワ。その川を想像する。どんなだ？ 細い川ではないだろう。きっと、北海道が（他の都府県に）誇る一級河川だろう。その川が存在するならば。ＩＦ。しかし、その川が存在するのかどうかを僕は知らない。そもそも僕は北海道を知らない。いや、知識としては知っている。それは島だ。馬鹿げた大きさの、北の、島だ。その島の歴史を調べたこともある。アイヌたちの島だったのに。幕府の連中が領有に、来て。ロシアだって来た。なにが日本領だ。でも日本領だ。日本領の、あまりに大きな、方位としての〝北〟に覆いかぶさった島。ところで島の定義？ 周囲が――その四囲が――海で囲まれていること。だから、あらゆる島は限定された地域となる。出られない。出られないのは盆地もいっしょだ。旭川は盆地ではなかったか？

土地としてのそれは。知識が僕にそう告げる。体験ではない事柄のお告げ。そしてアサヒカワは……川としてのそれは。ふたたび想像する。その川。川の定義？ 流れていることだ。そして、流れるものには出口があるだろう？ 限定＝封鎖と、出口。だから、これはそんな小説だ。この哀切な『少女七竈と七人の可愛そうな大人』は。

動揺する。普遍な哀切さがあって。むしろ、それが普遍であることが巧みに隠されながら、秘められながら、むしろ地上性の齧歯類《げっしるい》が果実をどこかに溜《た》めこむように溜めこまれながら、あって。物語は全部、普遍ではないことをかんむりにして進んでいるようなのに。たとえば僕のまわりに美少女はいない。僕の人生に「他人を狂わせるような美少女」なんて、いなかった。もしかしたらスクリーンで二、三度、目撃したかもしれない。テレビでは目にしてないな。いや、思い出話はどうでもいい。しかし、この物語はちがう。非凡の美をスターターに、あるいはそのスターターを産むために(産むまえに孕《はら》むために)展開している。その非凡の美が、ありとある〝不幸な大人〟を惑星系として周囲に回転……公転させている。それぞれの〝非凡な大人〟たちは自転している。それぞれの人生の衝動と、それぞれの衝動が産み落とした物語を持っている。それを作者は、もちろん、讃《たた》える。讃えて、書く。あるいは、触れる。すると、非凡な美のまわりには普遍にして地上の人類には不変の哀しみが満ちる。そのとき、エンディングに至るとき、主人公の非凡の美もまた、圧倒的な哀しさに満ちる。非凡の、凡。ふいに読者全員が、自分こそが「他人を狂わせるような美少女」であった……あることに気付く。これはそんな小説だ。

緒方みすず。この『少女七竈と七人の可愛そうな大人』に登場する、大人のひとりでもなければ、ヒロインの七竈でもない、いわば誰でもない登場人物の、緒方みすず。お前が好きだよ。非凡な美も——自らのものとしては——所有できなければ、可愛そうにも——

立派に可愛そうな大人にも――なれない、お前が好きだよ。でも、お前が好きなのは桂雪風だ。それはお前の先輩の、美少年だ。そして桂雪風とともに閉じた「ワールド」の内側にいるのは、主人公の七竈だ。お前の入り込めない二人の「ワールド」は鉄道模型でできている。お前は入れないし、それは模型の電車だから、乗れない。基本的には乗り込めない。もしも自分が非凡だったら、とお前は思う。ＩＦ。あるいは、お前がミニチュア・サイズに変じたらその電車に乗れるか？　ＩＦ。ただし乗っても、その「ワールド」は閉じている。川とちがって、鉄道模型は定められたループ内を回るだけで、流れ出ない。出口はないんだ。なのにお前は。結局はその電車に乗る。結局は閉じた「ワールド」が永遠でないことを、本能から悟っている。だから憧《あこが》れるし、焦がれる。恋い焦がれる。その姿勢。その姿勢に打たれるよ。その姿勢に、恋をしそうだ。緒方みすず。お前が好きだよ。そして、そんなお前が大人でもなければ美の区分の側にも分類されないで自由に、奔放に、普遍に、いる……これはそんな小説だ。

うぉんが祝砲のように響いている。それは犬の吠《ほ》え声だ。この物語の語り手のひとりというか一匹の。物語のなかに獣が棲《す》み、時間はちがったふうに流れる。それはもしかしたら、流れ出る川にも似たものかもしれないし、語りにおける〝救い〟かもしれない。ここはアサヒカワなのに。犬がいて。人とはちがう声で、吠えて、語って。そして、うぉん。

その犬の吠え声を、僕も聞いたことがある。犬の小説を書いたことがあるからだ。ちなみに僕は（あるいは、わたし、古川日出男は）作家だ。僕は桜庭さんに会ったことがない。

しかし、メールをもらったことはある。具体的には間接メールだ。僕の担当編集者が、桜庭さんと食事をしていて、その編集者の携帯に桜庭さんが「うぉん！」と打ちこんで、僕に送信してきた。二〇〇六年七月二十八日、と記録されている。それはこの『少女七竈と七人の可愛そうな大人』が単行本として刊行されて、ひと月後とかのことだったと思う。遠吠えは時間を短縮させて、返る。時間の流れかたは、人それぞれ、生き物それぞれ、ちがうのだ。だからそこでは、ときに、時間も五月雨のように降る。これはそんな小説だ。

桜庭一樹。あいかわらず僕は桜庭さんに会ったことがない。パーティやら文壇やらが苦手で、というか面倒で、というか大人数でなんで他者に会う必要があるの？　いちいち結婚式に参列してるみたいじゃないの？　とか、そんなことばかり思って、そういう場に僕がいないためだが。僕がこの解説あるいは解説もどきで最後に触れておきたいのは、いまでこそ誰もが「桜庭一樹は女、すなわち女流作家」と認識しているが、それはこの何年かのことで、ちょっとまえはちがったし（ちがったような気がするし）、僕が著者のポートレートを初めて目にして「ああ、女の人なんだ」と感じた瞬間の、あの感情のブレとかブルッとした感じとか、それは大事なんじゃないかな、ということだ。性を捨てた名前で、ただ本を提出すること。「少女を理解した、いちばんの少女作家」なんて認識でこの本を読んだら、普遍性は雲散霧消する……と思う。そして読み手も、性を捨てて読めばいいと思う。ＩＦ。少女になればいいと思う。女流作家なんて言葉はそもそも僕は嫌いだし、だいたい四文字言葉だし。女流文学も。だから。ＩＦ。そこにこの物語『少女七竈と七人の可愛そうな大人』の切実な確信がある。迂回《うかい》しつつ迂回しつつの、前のめりの切実さが。

これはそんな小説だ。

本書は二〇〇六年小社から刊行された単行本に加筆したものです。
なお「ゴージャス」は、野性時代〇七年二月号掲載のものに加筆しました。
五話「機関銃のように黒々と」中以下の作品から引用があります。
『さよならベイビー』（サンボマスター／作詞・山口隆）

少女七竈《しょうじょななかまど》と七人《しちにん》の可愛《かわい》そうな大人《おとな》

桜庭《さくらば》一樹《かずき》

角川文庫 15615

平成二十一年三月二十五日　初版発行

発行者―井上伸一郎
発行所―株式会社角川書店
東京都千代田区富士見二―十三―三
電話・編集（〇三）三二三八―八五五五
〒一〇二―八〇七八

発売元―株式会社角川グループパブリッシング
東京都千代田区富士見二―十三―三
電話・営業（〇三）三二三八―八五二一
〒一〇二―八一七七
http://www.kadokawa.co.jp

印刷所―旭印刷　製本所―BBC
装幀者―杉浦康平

さ 48-4　ISBN978-4-04-428105-2　C0193

角川文庫発刊に際して

角川源義

第二次世界大戦の敗北は、軍事力の敗北であった以上に、私たちの若い文化力の敗退であった。私たちの文化が戦争に対して如何に無力であり、単なるあだ花に過ぎなかったかを、私たちは身を以て体験し痛感した。西洋近代文化の摂取にとって、明治以後八十年の歳月は決して短かすぎたとは言えない。にもかかわらず、近代文化の伝統を確立し、自由な批判と柔軟な良識に富む文化層として自らを形成することに私たちは失敗して来た。そしてこれは、各層への文化の普及滲透を任務とする出版人の責任でもあった。

一九四五年以来、私たちは再び振出しに戻り、第一歩から踏み出すことを余儀なくされた。これは大きな不幸ではあるが、反面、これまでの混沌・未熟・歪曲の中にあった我が国の文化に秩序と確たる基礎を齎らすためには絶好の機会でもある。角川書店は、このような祖国の文化的危機にあたり、微力をも顧みず再建の礎石たるべき抱負と決意とをもって出発したが、ここに創立以来の念願を果すべく角川文庫を発刊する。これまで刊行されたあらゆる全集叢書文庫類の長所と短所とを検討し、古今東西の不朽の典籍を、良心的編集のもとに、廉価に、そして書架にふさわしい美本として、多くのひとびとに提供しようとする。しかし私たちは徒らに百科全書的な知識のジレッタントを作ることを目的とせず、あくまで祖国の文化に秩序と再建への道を示し、この文庫を角川書店の栄ある事業として、今後永久に継続発展せしめ、学芸と教養との殿堂として大成せんことを期したい。多くの読書子の愛情ある忠言と支持とによって、この希望と抱負とを完遂せしめられんことを願う。

一九四九年五月三日